Sabine Potyka

Bo, der Second-Hand-Hund
oder:
Wie wir auf den Hund kamen

SABINE POTYKA

BO

DER SECOND-HAND HUND

ODER: WIE WIR AUF DEN HUND KAMEN

Die Deutsche Bibliothek - CIP-Einheitsaufnahme

Potyka, Sabine:
Bo, der Second-hand-Hund oder: wie wir auf den Hund kamen/
Sabine Potyka. 1. Aufl. - Braunschweig, [Siekgraben 19c]: S. Potyka,
1997
ISBN 3-00-001929-4

Impressum:
2. Auflage 2000
Veröffentlicht im Selbstverlag
© Sabine Potyka, Braunschweig
Illustrationen und DTP: Sabine Potyka
Druck: BoD
ISBN 3-00-001929-4

Für Sepp,
der über seinen Schatten sprang
und den besten Freund fand,
den er je hatte.

Vorwort

Es ist gar nicht so einfach, sich einen Hund anzuschaffen. Das mußte ich mit einiger Ernüchterung feststellen, als in mir vor einiger Zeit der Wunsch nach einem Vierbeiner erwachte.

Dieses Buch handelt davon, welche Schwierigkeiten zu überwinden waren und wie mein Wunsch sich schließlich doch noch auf das Schönste erfüllte.

Es ist die wahre Geschichte von einem lieben und freundlichen Hund mit einer traurigen Vergangenheit, der durch dieses Büchlein schon zu Lebzeiten ein Denkmal erhält.

Wie schön wäre es, wenn dadurch auch nur ein Leser angeregt würde, selber einem Hund aus dem Tierheim ein neues Zuhause zu geben! Nicht jede Freundschaft mit einem Hund muß so positiv verlaufen wie bei uns, aber mit viel Geduld und Liebe kann auch ein älterer Hund noch der allerbeste Freund werden. So wie unser Bo!

Sicher ist dies auch eine kleine Liebeserklärung an diesen charmanten, plüschigen Teddybären mit Hundeseele, aber auch an alle Hunde, denn sie haben es in unserer kalten und leider oftmals unmenschlichen Welt nicht immer leicht. Gehandelt als Ware und betrachtet als Prestigeobjekt haben viele Menschen vergessen, was es heißt, einen Hund als Freund zu haben.

1. Kapitel

Ding dong!
Es hatte an der Tür geklingelt. Ein wenig unwillig unterbrach ich meine Arbeit. Ich saß gerade beim Entwurf des X-ten Briefbogens diesen Jahres und war eigentlich froh über jede Unterbrechung dieser Tätigkeit. Ein Schwätzchen mit einer Nachbarin wäre nicht schlecht. Aber ich mußte den Bogen noch an diesem Tag fertig bekommen, denn am nächsten Vormittag wollte der Kunde sich schon daran erfreuen.

Ja, so geht es, wenn man zu Hause arbeitet. Als Grafikerin habe ich zwar eine Menge Freiheiten, aber der Termindruck lenkt dann doch alles wieder in geregelte Bahnen. Ein wenig einsam kam ich mir allerdings schon vor, den ganzen Tag so mit mir und meinem kleinen Wunderwerk der Computertechnik in trauter Zweisamkeit. Das ging jetzt schon über fünf Jahre so. Nachdem ich den Absprung aus einer Werbeagentur geschafft hatte, war ich recht froh über meine neugewonnene Ruhe und Muße bei der Arbeit. Inzwischen wünschte ich mir aber doch so dann und wann ein Schwätzchen mit einer Kollegin.

Kam da vielleicht Besuch? Vor lauter Aufregung vergaß ich mal wieder, unsere Sprechanlage zu benutzen. Wir wohnen in einem kleinen Reihenhaus am Rande der großen Stadt und der Hauseingang ist leider nicht von den Seiten einsehbar. Wenn mir einer etwas Böses will, braucht er also nur klingeln…

»Guten Tag, wir machen eine Umfrage. Dürfte ich ihnen zum Thema Drogenkonsum von Jugendlichen ein paar Fragen stellen?«

»Diese Fragen kenne ich, erst vorgestern war ein Kollege von ihnen da und wollte mir zu guter Letzt mal wieder das Blättchen „Heimchen am Herd" im Abonnement andrehen, notfalls sogar als Spende für ein Altenheim. Nein, sie können gleich weitergehen, bei mir ist nichts zu holen.«

Bevor der recht abgerissen aussehende junge Mann mit seinem Rührgeschichtchen beginnen konnte, hatte ich die Tür schon geschlossen. Durch die Tür rief er mir noch üble Drohungen nach und zog, zornig vor sich hin schimpfend, ab.

Na, das war noch mal gutgegangen!

Aber was, wenn einer mal nicht einfach Leine zieht? Ich wagte gar nicht, mir auszumalen, was so alles zu Hause passieren könnte, wenn ich den ganzen Tag alleine bin. Dazu kamen dann noch Kunden, die mich besuchten und von denen ich manchmal nur den Namen kannte… Wie gut, das ich groß und kräftig gewachsen bin! Das schüchtert vielleicht den einen oder anderen etwas ein. Eine Videoüberwachung des Einganges wäre eine Lösung, aber wenn jemand erst mal im Haus ist?

Ein Hund!

Ja, das wäre die Lösung meiner Probleme! Dann wäre ich nicht mehr so alleine und er würde mich und das Haus tagsüber bewachen, bis mein Ehemann Sepp nach Hause kommt.

Mein Mann, als Ingenieur in einem größeren Unternehmen beschäftigt und mit reichlich Kollegen gesegnet, hatte da Verständnisschwierigkeiten.

»Ein Hund, nein, du spinnst wohl? Du stöhnst doch jetzt schon so über zuviel Arbeit und ein Hund macht reichlich Dreck. Einen Platz für einen Hundekorb haben wir auch nicht und überhaupt... Einen Welpen sowieso nicht, der nervt bestimmt und macht alles kaputt, das hörst du doch von Benny.«

Benny ist der Hund in der Familie meiner Schwester, ein Airedale Terrier und somit ein gutmütiger Riesenhund, im Rüpelalter von einem Jahr und reichlich temperamentvoll. Natürlich hatte ich bei meiner Überlegung an Bennys Missetaten gedacht – so manches im Haushalt meiner Schwester hatte die scharfen Welpenzähne zu spüren bekommen. Aber ich dachte auch an den Spaß und die Freude mit dem netten Kerlchen, den Kontakt mit anderen Hundebesitzern und daran, daß ein Hund ein Lebewesen ist, das in seiner Fixiertheit auf den Menschen auch ein idealer Kumpel und Freund ist. Und so etwas konnte ich gebrauchen.

Eine Katze kam wegen unserer beiden Wellensittiche nicht in Frage, zudem haben es die Vögel bei uns im Viertel schon schwer genug, bei einer Armee von netten, aber räuberischen Hauskatzen und einer aktiven Elsternfamilie, ihre Jungen großzuziehen.

Ein Hund, ein richtig netter, kleiner Hund.

Zauselig und unbestimmter Rasse, aber trotzdem was fürs Auge. Bei dem Gedanken daran wurde ich immer unruhiger.

Außer einigen wenigen Ferienwochen vor 17 Jahren mit dem damaligen Hund meiner Schwester, einem

Riesenschnauzer, den ich mit meinen Eltern während einiger Urlaubsreisen von Schwester und Schwager betreut hatte, fehlte mir aber jede Hundekenntnis. Als Kind hatte ich sogar ganz gehörige Angst vor Hunden gehabt, nachdem mir eine gefräßige Dackeldame einen Butterkeks mit einem hinterhältigen Biß in die Wade entwendet hatte. Dies trübte mein Verhältnis zu Hunden für viele Jahre.

Das alles machte meine Position gegenüber meinen Mann, der davon natürlich wußte, nicht einfacher. Er hatte ja recht, so ganz ohne Ahnung einen Welpen großziehen, das ist sicher eine schwierige Aufgabe.

Irgendwann gab ich mich geschlagen.

Die Probleme überwogen einfach. Das Platzproblem war zwar das geringste, denn wir haben einen mittelgroßen Garten und mehr Räume, als wir eigentlich bewohnen können. Aber ob ich wirklich so ein Hundebaby ordentlich großziehen könnte? Ich war mir da auf einmal auch nicht mehr ganz sicher.

Also blieb nur, die ganze Idee vorerst zu vertagen!

Aber so ganz verschwunden war sie nicht und im tiefsten Inneren arbeitet mein Unterbewußtsein weiter an der Verwirklichung dieses Traumes. Immer öfter ertappte ich mich dabei, daß ich fremden Hunden auf der Straße hinterherschaute, mich fragte, was das wohl für eine Rasse wäre und woher man so ein nettes Kerlchen bekäme.

Denn beim Studieren der Tageszeitung, Rubrik „Tiermarkt", war mir schon aufgefallen: teure Mode-Rassehunde werden überall angeboten, Mischlingswelpen aber nur ganz selten. Mischlinge sind jedoch auf den Straßen recht häufig zu sehen. Scheinbar mußte es hierfür einen grauen Markt geben, den ich bisher noch nicht entdeckt hatte.

Dann brachte eine Kundin von mir ihren Billie mit, einen bildschönen Schäferhund-Husky-?-Mix, der mich mit seinem Charme und seinem Wesen gleich für sich einnahm. Er war ein „Schnäppchen" vom Flohmarkt, auf dem er mit seinen Geschwistern in einem Korb zum Verkauf angeboten wurde. An Ort und Stelle hatte er das Herz seines zukünftigen Frauchens nebst dazugehörigem Ehemann gewonnen, der scheinbar vorher ebenso ablehnend war wie mein lieber Gatte. Billie hat es wirklich gut getroffen und Frauchen und Hund bilden eine festgefügte Einheit, die durch beiderseitige Zuneigung gegen den Rest der Welt Bestand hat.

Billie war sozusagen der Katalysator. Er elektrisierte mich geradezu. Ja, so einer, der würde mir auch gefallen. Vielleicht eine Spur zu groß, aber sonst...

Oh, lieber Gott, mach' daß auch mir mal so ein netter Vierbeiner über den Weg läuft.

Es sollte aber noch einige Zeit vergehen, bis mein Wunsch erhört wurde. Hin und wieder machte ich bei Sepp einen zaghaften Vorstoß und fragte vorsichtig nach, wie er denn inzwischen zu dem Thema stände. Ich ertappte ihn inzwischen sogar dabei, auch an dem einen oder anderen Hund Gefallen zu finden.

Es war am Osterfeuer, als mir ein netter kleiner fuchsfarbener Zausel auffiel.

»Schau mal, der sieht aber nett aus, so ein Hund könnte ich mir gut für uns vorstellen.«

»Ja, der ist wirklich originell, ein richtig kerniges Bürschchen. Aber doch nicht für uns! Ich will doch keinen Hund.«

Wieder eine Schlappe, aber der Anfang war gemacht, denn ich merkte, Sepp war auch endlich mit dem Virus „Hund" infiziert.

Und dann ging es Schlag auf Schlag!

Anfang Mai wollte ich bei unserer Tageszeitung eine Kleinanzeige aufgeben. Dabei entdeckte ich unter den zum Verkauf angebotenen Büchern eines über Hunde, reich bebildert und recht preiswert. Das kaufte ich ohne lange nachzudenken. Es war wie ein innerer Zwang.

Beim Durchlesen stolperte ich über eine Beschreibung und dem dazugehörigen Foto einer mir fremden Hunderasse Namens „Kromfohrländer", die meiner Vorstellung eines Hundes so ziemlich genau entsprach: robust, kernig, nicht zu groß, ziemlich gesund und nicht überzüchtet. Eine neue Rasse noch, erst nach dem Krieg entstanden, sozusagen eine nachgezüchtete Mischlingsrasse. Sepp zeigte immer noch wenig Interesse, hatte auf jeden Fall aber nichts dagegen, daß ich mich beim Züchterverband genauer informierte.

Das brachte die nächste Ernüchterung.

Diese Rasse ist wenig verbreitet. Um so einen Hund zu ersten Mal in Natura zu sehen, hätten wir gut 300 km fahren müssen. Und abgegeben werden die Hunde nur in allerbeste Hände, was immer das auch heißen mag. Auf jeden Fall wird man sehr genau unter die Lupe genommen. Das finde ich gut für die Hunde, die auf diese Weise wohl wirklich ein schönes Zuhause finden, aber für uns Hundeanfänger doch sehr einschüchternd. Was, wenn man uns nicht für Wert erachtet, solch einen Hund zu halten? So eine Blamage!

Also vertagte ich den Hundeerwerb weiter.

In der Zeitung war natürlich auch keine entsprechende Anzeige zu finden, auch nicht von Mischlingshunden, für die ich ja ebenso schwärmte. Langsam wurde der Wunsch so stark, daß vor meinem inneren Auge ein kleiner Hund an meiner Seite immer mehr Gestalt annahm. Ich sah mich schon mit meinem vierbeinigen Kumpel durch die Landschaft streifen.

Da ich niemand bin, dem es auf Status oder Stammbaum ankommt, wollte ich auch gerne einmal im Tierheim vorbeischauen, um die dortigen „Insassen" unverbindlich in Augenschein zu nehmen. Doch jeder, dem ich davon erzählte, hatte Einwände: die Tiere hätten sicher Verhaltensstörungen, das gelebte Schicksal würde sie geprägt haben und, und, und…

Gute Freunde von uns, in deren Familie eine reizende kleine Cairn Terrierhündin den Mittelpunkt bildet, verstärkten diese Zweifel noch, wollten mir aber nicht gänzlich davon abraten.

»Überlege dir das gut. Wenn du erst einen Hund aus dem Tierheim hast und er hat Macken, kannst du ihn nicht zurückgeben. Und wer weiß, ob er sich noch an euch gewöhnen kann?«

Da stand ich nun und hoffte auf ein Wunder, eine Erleuchtung oder auch nur, daß mir einfach ein Hund zulaufen würde. So wie uns einige Jahre vorher unser Mecki, seines Zeichens imponierender Wellensittichhahn, gerade zur rechten Zeit zugeflogen war, um den sterbenskranken männlichen Teil unseres Wellensittichpärchens zu ersetzen. Er wurde übrigens die ganz große Liebe unserer Berti, die im hohen Alter von 9 Jahren sogar noch zu brüten anfing…

Aber so etwas passiert vielleicht doch nur im Märchen und ich war entschlossen, nun Nägel mit Köpfen zu machen. Zu meinem Geburtstag Ende Mai wünschte ich mir, etwas scherzhaft, einen Hund von meinem Mann.

Mein Geburtstag kam heran und ich bekam:
— Ja, richtig: keinen Hund, denn Tiere verschenkt man doch nicht. Aber auch keinen gleichlautenden Gutschein...

Sepp zauderte immer noch. Scheinbar mußte ich die ganze Geschichte nun allein und mit Nachdruck in die Hand nehmen!

Nach meinem Geburtstag hatten wir vierzehn Tage Urlaub. Nun mußte es klappen, oder es würde nie was daraus werden! Das war mir inzwischen klargeworden.

Eines trüben Donnerstags, den wir mit dem Kauf unwichtiger Dinge in der Stadt verbrachten, hatte ich ganz stark das Gefühl, etwas in Sachen Hund unternehmen zu müssen. Im Tierheim würde mein Traumhund warten, dessen war ich mir ganz sicher.

Beim Durchblättern einer Illustrierten fiel mir dann auch noch eine Anzeige in die Hände, in der ein Hund zur Dekoration Atmosphäre verbreitete.

So einer! Das struppige Fell und die wuscheligen Ohren gaben ihm ein witziges Aussehen. Obwohl ich den beworbenen Kaffee niemals trinke, war ich von der Anzeige gefesselt. Ich zeigte sie Sepp und erzählte ihn von meiner Vorahnung. Nach einiger Zeit, in der er mich wohl für ein wenig sonderlich hielt, konnte ich ihn auch für diese Idee erwärmen.

Daher rief ich nach dem Kaffeetrinken einfach im Tierheim Wolfenbüttel an und erzählte, daß ich mich für Hunde interessieren würde.

»Kommen sie doch gleich vorbei«, meinte die nette Dame ganz kurz und knapp. Was sollte sie auch anderes sagen?

Und damit änderte sich unser Leben!

2. Kapitel

Ob nun Rüde oder Hündin, groß, klein oder mittelgroß, über dies alles hatte ich natürlich schon nachgedacht. Das Geschlecht war mir aber eigentlich ganz egal, es gabt scheinbar immer Vor- und Nachteile. Ich sah das ganz pragmatisch, denn das Geschlecht eines Kindes sucht man sich ja meistens auch nicht gezielt aus, sondern nimmt, was man bekommt. Und so wollte ich es auch handhaben. Größenmäßig hatte ich allerdings schon die Vorstellung von einem mittelgroßen Hund, so etwa 30-40 cm Schulterhöhe, nicht schwerer als 15 kg, damit ich ihn rein kräftemäßig würde bewältigen können.

Mit diesen Vorstellungen kamen wir im Tierheim an. Auf mein Drängen hin waren wir wirklich gleich losgefahren, wir hatten sowieso nichts Besseres geplant. Der tägliche Verkehrsstau zwischen unserem Wohnort am Rande der Großstadt und der benachbarten Kleinstadt, in der sich das Tierheim mit einem guten Ruf befand, strapazierte meine Nerven aufs Äußerste. War das nun ein gutes oder schlechtes Vorzeichen? Vielleicht sollte man doch besser umkehren?? Nein, wir blieben jetzt eisern! Einmal auf dem Weg, würde uns nun nichts mehr aufhalten.

Die Frau, die uns dann im Tierheim herumführte, fragte genau nach, aus welchen Gründen wir einen Hund wollten, was für einen wir uns vorstellen und in welche Umgebung er später kommen würde. Dann meinte sie:

»Nehmen sie doch den Bo, der wäre ideal für sie. Schon etwas älter und ruhiger, von dem können sie lernen, was es heißt, einen Hund zu haben.«

In den Zwingern warteten einige Hunde auf neue Besitzer, die meisten waren allerdings nur als Pensionsgäste einquartiert. Bei anderen wurde uns gleich gesagt, daß diese nicht zur Vermittlung bereit ständen, da sie aus einer schlechten Tierhaltung stammten und Verhaltensstörungen hätten. Aber der Bo wäre für uns wirklich ideal. Als Alternative stand noch ein weißer Spitzmischling parat, der allerdings viel bellen würde und ein wenig nervös sei.

So schauten wir uns diesen Bo etwas genauer an. Auf den ersten Blick dachte ich: »Der ist ja viel zu groß!«

Dann sah ich genauer hin und bemerkte, was für eine Schönheit dieser Hund besaß. Sein vom Sand des Zwingers etwas eingestaubtes Fell hatte eine ockerfarbene Tönung, auf dem Rücken ins schwarze gehend, ähnlich einem Schäferhund. Das Gesicht geschmückt mit einem gräulichen Bart, einer dicken schwarzen Nase, einer hellen Maske und wunderschönen, treu-

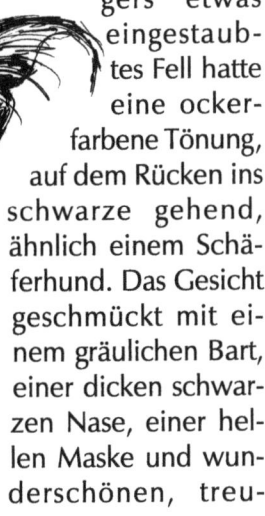

blickenden dunkelbraunen Augen. Buschige Augenbrauen in hellem Blond und große, dunkle Steh-Klappohren mit luchsartigen Haarpinseln an den Spitzen, gaben ihm ein ganz verwegenes Aussehen. Unter seinen Vorfahren mußten wohl auch Schnauzer oder Terrier mitgemischt haben, der wohlbehaarte Ringelschwanz und das plüschige Fell hätte einem Spitz sicher alle Ehre gemacht. Gehandelt wurde er als Terriermischling.

Nein, dieser Hund kann doch nicht für mich sein, dachte ich bei mir. Das kann doch gar nicht sein.

Er war die etwas zu groß geratene Ausgabe meines Traumhundes!

Ich traute mich noch nicht, meinen Gefühlen freien Lauf zu lassen. Zweifel stiegen auf, da er auch schon 9 Jahre alt war und daher als schwer vermittelbar galt.

Durch unsere Anwesenheit wurden alle Hunde ganz aufgeregt, bellten wie verrückt und sprangen teilweise ans Gitter heran. Bo klang schon ganz heiser, wohl arg strapaziert durch das viele Bellen den ganzen Tag. Wir standen ein wenig unsicher vor dem Zwinger.

Was sollten wir tun? Eigentlich wollten wir doch nur mal schauen...

»Nehmen sie ihn doch heraus und gehen sie ein Stück mit ihm Gassi« schlug die Dame vor und holte uns schon eine Leine.

Gut, das wollten wir gerne tun. Bei unserer Ankunft hatten wir zwei Teenager beobachtet, wie sie mit einem ganzen Rudel Hunden an der Leine loszogen. Das war wohl die tägliche Abwechslung der armen Tiere. Da wollten wir wenigstens Bo ein wenig zusätzliche Bewegung verschaffen. Und wer weiß, vielleicht käme man sich bei dem Gassi ja auch näher? Viellecht entdeckt man eine gegenseitige Zuneigung? Denn um unser Hund zu werden, müßte Bo uns ja auch mögen.

Bo wurde beim Anblick der Leine ganz aufgeregt, er gebärdete sich wie ein Wilder. Eine weitere Tierheimmitarbeiterin half uns, ihn anzuleinen und los ging's.

So hatte ich mir das eigentlich nicht vorgestellt.

Der Hund an der Leine zerrte einfach nur vorwärts, kein Blick auf die Menschen, die da am Ende seiner Leine mitgezogen wurden und vielleicht über sein weiteres Schicksal entscheiden würden.

Laufen schien das einzige zu sein, was ihn interessierte. Er zog uns geradezu in den benachbarten Park, einmal um den Teich herum. Dabei hechelte er stark.

»Er hat ein wenig zu viel Speck auf den Rippen, die Kondition ist auch eher mäßig«, dachte ich so bei mir, als er vor uns herlief und wir nur einen Blick auf den breiten Hunderücken mit Schwanz werfen konnten. Er zeigte keinerlei Interesse für das, was um ihn herum vor sich ging, kein Schnuppern oder Ausschauhalten nach anderen Hunden. Er zog immer nur vorwärts.

Ob der nun der Richtige ist? Oh weh, was sollen wir bloß tun?

Armer Bo, wenn wir dich nicht nehmen, findest du dann noch ein nettes Zuhause?

Wieder im Tierheim angekommen, brachte Sepp Bo wieder in seinen Zwinger und anschließend die Leine weg. In der Zwischenzeit erzählte mir die Dame weshalb Bo ins Tierheim kam:

»Er lebte bisher bei einem verwitweten älteren Mann, der eine neue Lebensgefährtin gefunden hat. Bo war nun nicht mehr gern gesehen und ist vor vierzehn Tage hier abgegeben worden.«

Was bringt Menschen dazu, ihren liebsten Freund zu verstoßen? Mir schnitt es ins Herz! Wenn nur das hohe Alter nicht gewesen wäre.

So verblieben wir folgendermaßen: Wir wollten gründlich nachdenken und am nächsten Tag wiederkommen. Wenn wir dann noch wollten, könnten wir ihn sogar über das Wochenende mitbekommen, auf Probe sozusagen, um zu ergründen, ob wir zusammenpassen.

Das schien mir eine gute Lösung zu sein.

3. Kapitel

Diesen Donnerstagabend werde ich nie vergessen. Ich führte ein langes Telefongespräch mit meiner hundeerfahrenen Schwester, die mir viel Mut machte und immer wieder betonte, sie würde Hunde kennen, die 16, sogar 18 Jahre alt geworden wären. Und wir sollten es doch einfach versuchen. Wenn es nicht gutginge, müßte uns der Hund nicht mehr seine ganze Lebensspanne ertragen, der Zeitraum wäre für beide Seiten überschaubar.

In allen verfügbaren Hundebüchern, zum Teil von unseren Freunden geliehen, las ich über die Lebenserwartung nach, um zu einer Entscheidung zu kommen.

Klar, ein Welpe macht viel Arbeit, aber man hat auch viele schöne Jahre miteinander. Ein alter Hund, der vielleicht bald krank wird und stirbt, kaum das man sich richtig gerne hat, das ist eine andere Geschichte.

Was tun?

Am besten darüber schlafen. Und das taten wir dann auch. Mehr schlecht als recht, die Gedanken kreisten und fanden keine Ruhe. Ich hatte nicht gedacht, daß die Anschaffung eines Hundes solche Probleme mit sich bringt.

Beim Frühstück stellte ich dann schon die vorsichtige Frage:

»Was er jetzt wohl macht? Wollen wir nicht gleich um zehn Uhr hinfahren und ihn übers Wochenende zu uns holen?«

»Ja, das machen wir. Und vielleicht erkennt er uns ja sogar schon wieder?«

Jetzt war auch Sepp mit Eifer bei der Sache. Jetzt hatte es auch ihn voll erwischt! Ein kurzer Anruf im Tierheim brachte allerdings eine Enttäuschung. Eine uns unbekannte Mitarbeiterin des Tierheims wollte uns noch nicht zu ihm lassen, erst am Nachmittag nach sechzehn Uhr sollten wir kommen. Die Hunde bräuchten ihre Ruhe. Unsere Ernüchterung war riesengroß. Hauptsache, niemand anderes kommt und nimmt ihn mit!

»Was machen wir in der Zeit bis dahin?«

»Wir können ja mal schauen, was man so alles für einen Hund braucht.«

Gesagt getan. Wir fuhren einen Ort weiter zu einem größeren Geschäft mit Tierfutter und Zubehör und inspizierten die reichhaltigen Auslagen. Da gab es Körbe in allen Größen, ziemlich teuer und allesamt sehr luxuriös, Lederhalsbänder und Leinen, Spielzeug und Leckerlies, Futter und Shampoo und Glanzspray fürs Fell und Schleifchen für den Hundepony, damit der Gute auch was sieht. Eine verwirrende Vielfalt von Dingen, die wir bisher noch nie beachtet hatten. Allenfalls Hirsekolben und Vogelsand hatten wir hier besorgt, damit kannten wir uns aus. Bevor wir etwas falsch machen konnten, wählte ich nur einen Kauknochen mittlerer Größe und einen Gummiring als Spielzeug, in der Hoffnung, damit Bos Geschmack zu treffen. Alles weitere würde sich finden.

Die Zeit verstrich im Schneckentempo, im Magen oder Bauch verspürte ich so ein komisches Gefühl. Angst, Unsicherheit, Vorfreude?

Dann endlich, es war soweit!

Wir zogen uns ältere Kleidung an (so ein Hund aus dem Zwinger ist ja dreckig) und fuhren los. Den Stau erlebten wir mit der gleichen Heftigkeit wie am Tage zuvor, nur hatten wir heute ein genaues Ziel und waren noch ungeduldiger.

Im Tierheim hatte man uns scheinbar schon erwartet. Die nette Frau mit Namen Illers führte uns gleich zu unserem Kandidaten.

Traurig lag er in seiner Box, den Rücken zur Tür gewandt, die Schnauze auf den Boden. Ein Bild des Jammers.

»Bo, schau mal, wer da ist« rief Frau Illers aus. Da stand das zottelige Wesen auf. Ein Leuchten in seinen Augen zeigte, daß er zumindest die Hoffnung auf ein Gassi haben könnte, denn uns hatte er ja bei einer solchen Aktion kennengelernt. Vielleicht hatte er uns ja sogar wiedererkannt? Sicher bekam er nicht viel Besuch.

Schon fing er an zu bellen, immer noch genau so heiser wie am Vortag und sprang mit den Vorderpfoten an der Zwingertür hoch. Die Hunde in den Nachbarkäfigen wurden ebenfalls unruhig, vielleicht aus Neid, vielleicht aber nur aus der Hoffnung heraus, auch sie würden Abwechslung im tristen Zwingereinerlei bekommen. So stimmten sie lauthals ins ohrenbetäubende Bellkonzert ein.

Mit Frau Illers hatten wir schon vereinbart, daß wir bei der zuständigen Tierärztin in der Nachbarschaft vorbeischauen würden. Sie sollte Bo noch untersuchen, ob er auch wirklich gesund ist (meine Ängste bezüglich der starken Hechelei und seines Alters wollten gestillt sein, außerdem sollte er noch entwurmt werden, was wohl bisher noch nicht geschehen war). Dann sollte die Entscheidung für die Wochenendaktion fallen.

Wir marschierten also los!

Das Wetter hatte sich gegenüber dem vorherigen Tag erheblich gebessert, es war warm und die Sonne schien. Wieder zog uns der Bursche um den Teich, heute jedoch hatten wir schon ein ganz anderes Gefühl dabei.

»Bo, schau doch mal, wir sind es. Bleib doch mal stehen und zeig uns, ob du uns kennenlernen willst.«

Wir setzten uns auf eine Parkbank und blickten dieses pelzige Wesen genauer an. Er uns auch. Erst hatte ich das Gefühl, wir wären ihm ganz egal, aber so nach und nach kam er uns näher. Dann schnupperte er uns, noch mit einiger Zurückhaltung, ab. Vorsichtig fing ich an, ihn zu streicheln.

Was für ein seltsames Gefühl an den Händen.

Sandig und staubig fühlt er sich an, das Fell müßte gepflegt werden, dachte ich, während ich ihm vorsichtig über das Rückenfell strich. Beim Berühren flogen seine Haare nur so um ihn herum.

»Im Fellwechsel ist er auch. Aber schön ist er, ein richtig ausdrucksstarkes Gesicht hat er.«

Er tat mir leid. So begutachtet und taxiert zu werden! Wie würde ich mich fühlen, verstoßen und einsam in einer unfreundlichen Umgebung? Wie wäre es, wenn Leute mich begutachten würden, ob ich ihr Leben dekorativ verschönen könnte und keinen Ärger machen würde? Ob man zum Unterhalter, zum Schmusetier oder zum Pausenclown taugt?

Vielleicht war ihm das ja alles gleichgültig. Es ist sicher auch nicht ganz angemessen, Hundegedanken nachempfinden zu wollen, da man nur die eigenen Maßstäbe kennt. Aber eine blöde Situation war das schon, für ihn wie für uns. Schmeichelten wir uns zu sehr bei ihm ein und nähmen ihn dann nicht, wäre er sicher noch mehr von den Menschen enttäuscht. Ein treuloser Mensch im Leben reicht aus! Schlössen wir ihn aber gleich zu sehr ins Herz und der Test am Wochenende ginge schief, säßen auch wir später ziemlich traurig da.

Aber bevor uns die großen Probleme einholen konnten, wollten wir schnell noch den Besuch bei der Tierärztin hinter uns bringen.

Auf dem Weg dorthin probierten wir aus, ob Bo auf die Standard-Kommandos wie „Sitz" und „Platz" hört. Er verhielt sich mustergültig, als ob er merken würde, was für ihn auf dem Spiel stand. Brav machte er an jeder Straße vorm Überqueren halt, setzte sich auf Kommando und lief dann brav „bei Fuß".

Die Tierärztin wohnte nicht weit vom Park entfernt, bald waren wir dort angelangt. Da schon viele Leute mit ihren Tieren auf die Behandlung warteten, begaben sich Sepp und Bo einige Zeit in den Vorgarten, ich setzte mich ins Wartezimmer. Vom Tierheim aus hatte man uns schon angemeldet und ich hoffte, daß es nicht allzu lange dauern würde.

Das kleine Wartezimmer war randvoll. Einige Patienten warteten ganz eingeschüchtert, andere recht mutig auf ihren „Auftritt" jenseits der weißen, gepolsterten Tür. Da waren prachtvolle Rassehunde, Wellensittiche und ein Meerschweinchen mit ihren Begleitern. Schnell entwickelte sich ein Gespräch, besonders die Hundebesitzer waren an Bos Schicksal interessiert. Eine Frau erzählte von ihren beiden Hündinnen, die sie aus dem Tierheim hatte und die so lieb und dankbar wären. Eine Golden Retrieverhündin wurde von einem Ehepaar begleitet, die uns mitfühlend viel Glück wünschten. Der Besitzer eines

Setters schaute eher skeptisch und wollte seine Meinung nicht laut äußern, aber man sah ihm an der Nasenspitze an, was er von Mischlingen aus dem Tierheim hielt. Vor allem von solch ungepflegten wie dem Bo. Als sein Hund unruhig wurde, schlug er ihn allerdings mit seiner Metallkette über die Nase, was einen entrüsteten Aufschrei der anderen Hundebesitzer zur Folge hatte.

Man war sich einig, was von so einem groben Mann zu halten war.

Als wir endlich an der Reihe waren, wurde Bo kurz in Augenschein genommen, abgehorcht und sein Hinterteil begutachtet.

»Alles soweit in Ordnung. Etwas abnehmen muß er, Herz und Lungen sind aber in Ordnung. Geimpft ist er? Ach ja, ich war ja erst letztens im Tierheim. Eine Spritze gegen Würmer kriegt er gleich noch. Also, viel Glück und auf Wiedersehen.«

Damit standen wir auf der Straße, etwas verdattert von der schnellen Abfertigung. War *das* eine gründliche Untersuchung? Oder war das der Schnelldurchlauf, da diese Untersuchung noch auf Kosten des Tierheimes ging? Wir hätten gerne etwas dafür bezahlt, wenn nur die Untersuchung gründlicher gewesen wäre. Aber wir mußten dem Urteil vertrauen: Bo war kerngesund, nur etwas zu dick.

Nun also zurück zum Tierheim, wo man uns schon fragend ansah.

»Ja, wir wollen ihn heute mitnehmen, aber erst mal zur Probe.«

Damit war die vorläufige Entscheidung gefallen!

Frau Illers sucht uns noch eine kleine Ausstattung heraus: Wasser- und Freßnapf sowie einige Probepackungen Hundefutter. Wir sollten aufpassen und ihm nicht zu viel zu futtern geben, Hunde würden alles Fressen nur so verschlingen... Einen Hundekorb würde er vorerst sicher nicht brauchen, den könnten wir später immer noch kaufen.

Versehen mit einigen Papiertüchern, falls er im Auto zu Übelkeit neigen würde, zogen wir los.

Ich setzte mich mit Bo auf die Rückbank, die wir vorsorglich zu Hause schon mit einer alten Decke abgedeckt hatten. Das Auto war durch die Sonne reichlich aufgeheizt. Daher fuhren wir mit heruntergedrehten Fensterscheiben. Frau Illers winkte uns noch nach. Ich sah ihr an, das sie es sich von ganzen Herzen wünschte, Bo möge nun ein neues Zuhause gefunden haben.

Die Fahrt war keine Freude, vor allem nicht für mich! Um an die frische Luft zu gelangen, die durch die geöffneten Scheiben nach hinten hereinwehte, stieg Bo mit beiden Vorderpfoten auf meinen Oberschenkel, der bald ob diesen Gewichts anfing, protestierend zu schmerzen.

Das gibt bestimmt Druckstellen oder einen blauen Fleck, dachte ich so bei mir.

Das der so schwer ist, hatte ich gar nicht gedacht. Damit Bo beim Bremsen nicht nach vorne geschleudert wurde, hielt ich ihn mit beiden Armen ganz fest. Bald war ich von unten bis oben voller Hundehaare. Die ganze Luft im Auto war erfüllt von umherschwirrenden, feinen Haaren. Dazu kam noch die Wärme, die mich schwitzen und Bo in einer Tour hecheln ließ. Auf dem Vordersitz versuchte Sepp, sich nicht durch das Gewusel hinter ihm ablenken zu lassen und so vorsichtig wie möglich unser Heim anzusteuern.

Eine Kurve noch, dann erblickten wir unser Haus, davor den Garagenplatz, der menschenleer war. Wie gut! Jetzt noch eine dumme oder auch nur spaßig gemeinte

Bemerkung von einem Nachbarn und ich hätte nicht mehr für meine Nerven garantieren können.

Erst einmal aussteigen!

Bo ganz aufgeregt schnüffelnd im Schlepptau, gingen wir direkt in den Garten und setzten uns auf die Terrasse. Dort gaben wir unserem Besuch einen Begrüßungsschluck Wasser und verschnauften von dem Abenteuer, das hinter uns lag.

Dann führten wir Bo durch den Garten, damit er sich orientieren konnte, anschließend zeigte ihm Sepp das Haus. Scheinbar zufrieden kamen beide wieder im Garten an. Ich hatte mir schon das Allerschlimmste ausgemalt, z. B. daß Bo unser Haus in Besitz nehmen würde, indem er die strategisch wichtigen Stellen mit einem Tröpfchen Urin markieren würde oder ähnliches. Aber nichts davon war geschehen. Schüchtern, fast ängstlich schaute er sich alles nur flüchtig an. Scheinbar war das alles auch ein wenig zu viel für ihn. So ein aufregender Tag nach so vielen öden Tagen im Tierheim.

Daher machte ich mich daran, für Sepp und mich das Abendessen zu richten. Wir aßen auf der Terrasse. Bo sollte derweil im Garten bleiben, wo wir ihn am Sonnenschirmständer festgebunden hatten.

Kaum saßen wir, fing er an zu winseln.

»Er will sicher betteln« meinte ich.

»Da müssen wir ganz hart bleiben, das kommt gar nicht in die Tüte, daß er etwas vom Tisch bekommt« antwortete Sepp.

Obwohl es uns von Herzen leid tat, ließen wir Bo da, wo er war und beendeten unsere Mahlzeit mit einem ziemlich unguten Gefühl. Appetit hatten wir sowieso nicht, die Aufregung machte sich bemerkbar.

»Wollen wir jetzt mit ihm Gassi gehen?«

»Klar, wir müssen ja auch den Nachbarn zeigen, daß wir einen Hund haben, sonst wundern die sich womöglich über sein Gebell«

Gebell war gut, seit er bei uns war, hatte er noch keinen Ton von sich gegeben. Aber bei den Worten „Gassi gehen" spitzte er seine Ohren und legte seinen Kopf schief, als ob er fragen wollte:

»Habe ich das eben richtig gehört?«

Diese Geste sah putzig aus und wir fingen an zu grinsen.

»Ich glaube, der versteht jedes Wort. Also los, ziehen wir mal durch die Gemeinde.«

Als erstes schauten wir am Gartenzaun unserer Freunde vorbei, die nur drei Ecken entfernt, fast in Sichtweite wohnen. Dort stürzte sich die ganze vierköpfige Familie nebst Familienhund Emmy sofort auf uns, um Bo zu begutachten.

»Das ging aber schnell, habt ihr es also doch wahrgemacht. Der sieht aber nett aus. Bißchen staubig, den müßtet ihr wohl mal baden. Wie alt ist er denn? Wo kommt er her, was für eine Geschichte hat er denn? Ist er nicht zu groß, ihr wolltet doch einen kleineren?«

Nachdem wir alle Fragen beantwortet hatten, kam von der kleinsten Tochter, 4 Jahre alt, die Frage:

»Kann man auf ihm reiten? Schaut mal, er ist gerade richtig für meine Größe.«

Davor wollten wir den armen Bo nun doch bewahren und machten dies der kleinen Kathrin klar. Der eigene Familienhund, der schon früher vorgestellte Cairn Terrier, war ja auch eine ganze Ecke kleiner, so daß sie diese Frage hier nie gestellt hätte. Aber bei Bos robusten Aussehen und dem breiten Rücken war es verständlich, daß solche Ideen aufkamen.

Kathrin und ihre Schwester Astrid, unterstützt von einer Freundin, hatten bereits angefangen, Bo ordentlich durchzukraulen, der es sich willig gefallen ließ. Dabei pustete der Wind ganze Schwaden von Hundehaaren durch die Luft, so daß unsere Freundin Iris meinte, wir sollten ihn doch richtig ausbürsten. Sie würde uns auch die Bürste von ihrem Hund ausleihen. Am besten ginge das in der freien Natur. Da wir sowieso vorhatten, mit Bo zur nahegelegenen Oker und den angrenzenden Südsee zu marschieren, wo er auch ins Wasser springen könnte, nahmen wir dankbar Bürste und Kamm und zogen weiter. Die ganze Familie winkte uns hinterher, die Kinder riefen:

»Tschüs Böchen, bis morgen«

Die ersten Eroberungen hatte er also schon gemacht.

An der Oker zog Bo wie ein Irrer zum Wasser, so daß wir ihn schließlich hineinließen. Schon bei unserem Parkspaziergang in der Nähe des Tierheims war uns aufgefallen, daß Bo zum Wasser wollte. Wir hatten ihn aber nicht gelassen, da wir nicht wußten, ob das nun so gut für ihn wäre. Die Tierärztin hatte später aber gemeint, er solle mal ordentlich ins Wasser und schwimmen, sein Fell hätte es nötig.

Seine Begeisterung über diese Erfrischung war deutlich sichtbar. Mit leuchtenden Augen kam er wieder aus dem Wasser und schüttelte sich mit Wonne, so daß die Wassertropfen nur so umherspritzten. Sein Gang wirkte gleich viel frischer und lockerer. Das hatte ihm sicherlich lange gefehlt! Eine gute halbe Stunde spazierten wir nun mit ihm im goldenen Licht der langsam untergehenden Sonne an der Oker entlang zum Nachbarort, dort über eine Brücke und am Südsee zurück. Bos Tempo war etwas gemächlich, wir gingen normalerweise schneller. Aber wir paßten uns gerne seinem Tempo an.

Auf einer freien Bank, etwas abseits, ließen wir uns nieder und begannen mit der Schönheitspflege. Das Fell war inzwischen fast wieder trocken und wir bürsteten mutig drauflos. Sofort war die Bürste voller Haare, am Schluß lag ein riesiger Berg davon vor uns im Gras.

»Nicht das nachher einer denkt, wir haben hier einen Hund gekillt. Das müssen wir noch ein wenig verteilen bevor wir gehen! Das ist ja bereits eine riesige Menge und wenn wir weiterbürsten, kommt noch immer etwas, es nimmt gar kein Ende...«

Etwas schuldbewußt hinterließen wir die idyllische Stelle mit den breitverteilten Hundehaaren. Vielleicht könnte ja der eine oder andere Vogel etwas davon zur Ausstattung seines Nestes gebrauchen? Das gäbe feine Luxus-Vogelnester, warm und plüschig, mit Hundeduft. Was will man als kleiner Vogel mehr?

Uns begegneten viele andere Hundehalter mit ihren Hunden, großen und kleinen, alten und jungen, von edler Rasse oder auch wilde Mischungen, die alle scheinbar gerne stehenblieben um mit uns ein kleines Schwätzchen zu halten. Alle waren sie nett und freundlich. Hunde sowie Menschen. Das hatten wir noch nie erlebt. Bisher hatten wir die Bevölkerung von Braunschweig eher als etwas stur und kontaktscheu kennengelernt, aber nun wurden wir eines Besseren belehrt. Ein Hund ist ein guter Grund, miteinander ins Gespräch zu kommen. Eine neue, schöne und beglückende Erfahrung.

Als wir dann, es dämmerte bereits, wieder in unserer Siedlung ankamen, trafen wir zwei Nachbarspärchen im Gespräch.

»Oh, hallo ihr beiden. Wen habt ihr denn da? Habt ihr den Hund in Pflege?«

Nachdem wir aufgeklärt hatten, daß Bo eventuell unser Hund werden sollte, waren sie an seinem Schicksal sehr interessiert und bedauerten den armen, alten Kerl.

»Aber jetzt hat er es wirklich gut getroffen, so ein feines neues Zuhause.« hörte ich die eine Frau sagen und mir klang es in den Ohren.

Wir machen doch nur ein Probewochenende! Hauptsache, wir kriegen keinen Ärger, wenn wir uns anders entscheiden sollten. Nicht das dann die ganze Nachbarschaft auf Bos Seite ist und wir ewig unsere Herzlosigkeit vorgehalten bekommen.

Die beiden Nachbarinnen hatten Bo scheinbar schon in ihr Herz geschlossen, dafür schaute er sie auch mit einem schmachtenden Blick an.

Oh ja, ein Frauenheld schien er zu sein, dieser zottelige Kerl mit den witzigen Ohren. Ein ganz großer Charmeur, dem alle erliegen, die sich ein wenig für Hunde interessieren.

Die erste Runde ging eindeutig an Bo.

Unsere direkten Hausnachbarn waren zu diesem Zeitpunkt verreist, daher hatten wir von ihrer Seite noch keinen Kommentar zu erwarten, aber ich war innerlich schon auf Schwierigkeiten eingerichtet. Die würden, wenn überhaupt, erst in einer Woche anfangen. Bis dahin war noch viel Zeit und wer weiß, ob wir den Bo überhaupt behalten würden ...

Eigentlich hätten wir dieses Wochenende mit all unseren Nachbarn der beiden Reihenhausreihen, die mit uns gebaut hatten und mit denen wir locker befreundet sind, zum Schützenfest im Ort gehen sollen. Nun mußten wir natürlich absagen, was teilweise auf Unverständnis stieß.

»Laßt den Köter doch alleine, das wird der schon können« bekamen wir zu hören. Anderen war deutlich anzusehen, daß sie uns für ein wenig übergeschnappt hielten. Ein Hund aus dem Tierheim und dann noch so alt. Das ging in manche Köpfe nicht ganz ohne Schwierigkeiten hinein. Noch dazu, wo uns eher ein Baby als ein Hund zugestanden hätte, mußten wir uns deswegen schon seit einiger Zeit so manch dummen Spruch anhören.

Aber wir hatten nun einen Hund und konnten und wollten ihn nicht alleine lassen! Vor allem nicht an seinem ersten Abend in einer neuen Umgebung.

Jawohl, meine lieben Leute, wir verzichten auf das Vergnügen und kümmern uns um einen alten, dreckigen Hund aus dem Tierheim, dachte ich so bei mir. Sagen konnte ich so etwas natürlich nicht, das hätte den nachbarlichen Frieden dann doch zutiefst erschüttert.

Als wir um elf Uhr in der Nacht mit Bo noch die letzte Runde drehten, trafen wir die ersten Heimkehrer vom Schützenfest. Sie haben kleine Kinder und wollten diese nicht länger alleine lassen. Allerdings wurden die kleinen Jungs von der Familiendackeldame Enja bewacht, bzw. bewachten die beiden Knirpse diese.

»Ihr habt etwas verpaßt, so eine tolle Stimmung. Warum seid ihr bloß nicht mitgekommen?«

»Mit Bo war es auch ganz schön, wir haben schon eine Menge unternommen. Und hören tut er auch prima, er macht sogar „Sitz", bevor er über die Straße geht.«

»Nun gebt ja nicht so an mit dem Hund«, flachsten die stolzen Dackelbesitzer, die natürlich die Ehre ihres Lieblings angekratzt sahen. Diese zeigt manchmal einen ganz dackeltypischen Dickkopf, schmeißt sich aber sonst jedem, der ihr freundlich zuredet, vor die Füße …

Bo saß ganz artig dabei und verfolgte das Gespräch aufmerksam, dann machte er sich an die Nachbarin heran, stupste sie an der Hand und veranlaßte sie damit, ihn zu streicheln.

»Ja, du bist ja ein ganz feiner, du bist ein ganz lieber Hund« hörte ich sie plötzlich sagen. Bo schmiß sich förmlich an sie heran, damit sie ihn weiter streichelte und mit netten Worten verwöhnte. Mit seinem Blick betörte er sie regelrecht.

»Ach ja, er ist wirklich ein lieber Hund. So ein kleiner Plüschbär, ein richtiger Schmuser scheint er zu sein«.

Wieder eine Eroberung!

Langsam stieg so etwas wie Eifersucht in mir auf. Wenn, dann soll er unser Hund sein. So ging das aber nicht, daß er hier bei allen schöntut! Aber woher soll er heute schon wissen, das ausgerechnet W I R SEINE LEUTE sind? Aber das wußten wir doch selber noch nicht so genau. Oder doch?

Ziemlich geschafft und müde von dem aufregenden Tag und der vielen ungewohnten Bewegung gingen wir nach Hause. Nun kam der schwierigste Teil: wo sollte Bo schlafen? Wir hatten ihm eine Wolldecke auf den Boden ins Wohnzimmer gelegt, genau gegenüber dem Eingang zum Schlafzimmer. Dazu legte ich mein durchgeschwitztes T-Shirt, denn ich hatte gelesen, daß sich die Hunde dadurch nicht so alleine fühlen und sich zudem an den Geruch der ihnen fremden Menschen gewöhnen würden. Auch Sepp spendierte sein T-Shirt und dann lockten wir unseren neuen Freund auf die Decke.

Dort streichelten wir ihn, bis er ganz entspannt dalag. Ein Bild des Friedens. Mir wurde ganz anders. So ein Anblick kann einem ganz schön zusetzen. Beim Anblick schlafender Kleinkinder soll es einem wohl ebenso ergehen, hatte ich gehört...

Kaum wollten wir uns entfernen, saß er schon wieder auf und begehrte eine Fortsetzung der Streicheleinheiten. Irgendwann, als uns schon sämtliche Knochen vom Hokken auf der Erde wehtaten, wurde es uns zu bunt und wir gingen einfach ins Bett. Natürlich nicht ohne die Ermahnung an Bo, brav zu sein.

Unsere Tür ließen wir zu, denn wir hatten keine Vorstellung, was dieser Hund so alles gewohnt war. Hatte er womöglich bei seinem alten Herrchen mit im Bett geschlafen? Allein diese Vorstellung verursachte bei mir einen Juckreiz, denn sicher war Bo durch seine Zeit im Tierheim nicht ganz frei von netten kleinen blutsaugenden Tierchen...

Morgen müßten wir ihn unbedingt mit einem Floh-Shampoo baden.

Mit diesem Gedanken dämmerte ich in einen leichten Schlaf hinein, ein Ohr immer mit dem Geschehen im Wohnzimmer befaßt. Bo schien eingeschlafen. Ich versuchte mich zu entspannen, aber es wollte mir nicht so recht gelingen.

Rums!

»Was war'n das? Sepp, hast du das auch gehört?«

»Ich schau' mal nach«.

Sepp verschwand im Wohnzimmer, ich sah, wie das Licht anging und hörte, wie er Bo vom Sessel vertrieb.

»Er suchte wohl ein besseres Plätzchen. Jetzt liegt er wieder brav auf der Decke. 'Nacht, schlaf schön.«

Auf meinem Sessel wollte er liegen, dieser Held! Na, das würde es bei uns aber nicht geben! Wenn mir etwas heilig war, dann mein Sessel. Er war ein Fernsehsessel mit ausklappbarem Fußteil, ideal zum Lesen und Fernsehen. Vor allem in der kalten Jahreszeit mein liebster Ort, an den ich mich, notfalls mit einer Decke versehen, verkroch wenn die Welt mal wieder gar zu schlecht war. Und den wollte Bo kapern? Kam gar nicht in die Tüte! Wenn ein Hund sich ein Plätzchen aneignet, hat man wenig Chancen darauf, es wieder in seinen Besitz zu bekommen. Wehrtet den Anfängen! Sofas etc. sind für Hunde tabu!

Trotz dieser wilden Gedanken versuchte ich einzuschlafen, was dann irgendwann wohl auch geschah. Ich hatte es gar nicht gemerkt.

4. Kapitel

Der nächste Tag fing recht früh an, für meine Verhältnisse jedenfalls. Eigentlich bin ich eine echte Langschläferin und danke meinem Schöpfer jeden Tag aufs Neue, daß ich durch meine freiberufliche Tätigkeit immer erst ab ca. neun Uhr parat zu stehen habe. Vorher, das wissen meine Kunden inzwischen, bin ich nur mit Vorsicht zu genießen und besser nicht anzurufen oder zu besuchen.

Dies ist auch einer der Punkte, der mir im Zusammenhang mit der Anschaffung eines Hundes am meisten Kopfzerbrechen bereitete. So ein Hund steht ja sicher früh auf und will an die frische Luft um gewisse Dinge zu erledigen, für die wir Menschen praktischerweise nur von einem Raum in den nächsten zu wechseln brauchen.

Aber für einen eigenen Hund, so hatte ich Sepp versprochen, wollte ich auch früh aufstehen. Ähnliches hatte ich ihm bei unserer Hochzeit zwar auch versprochen (zusammen frühstücken) und sogar auch einige Zeit durchgehalten, aber nach einigen Wochen hatte er es wohl satt, ein verschlafenes Etwas am Frühstückstisch hängen zu sehen und frühstückt inzwischen wieder alleine, während ich noch selig schlummern darf.

Aber nun war der Tag da, von dem an ich auch endlich wie jeder normale Mensch wieder in aller Herrgottsfrühe aufstehen würde.

Tatsächlich, Bo war schon wach!

Er lag auf seiner Decke und als ich das Schlafzimmer verließ, kam er schwanzwedelnd auf mich zu, im Maul den Kauknochen, den wir ihm am Vortag geschenkt hatten. Das war ja eine nette Begrüßung! Den Knochen wollte er mir zwar nicht geben (warum auch, es war ja seiner), aber die Geste fand ich ganz rührend. Sepp wurde ebenso begrüßt.

Nach einer Runde Hundestreicheln nahm sich Sepp, der inzwischen schon gewaschen und angezogen war, die Hundeleine. Bo, dieser Blitzmerker, war sofort ganz aufmerksam. Die großen Ohren mit den witzigen Haarsträhnen an der Spitze hatte er aufgestellt, das Köpfchen schief gelegt und Sepp fragend angesehen, der ganze Hund ein großes Fragezeichen.

»Na komm, du Hund, Gassi!«

Das brauchte man ihm nicht zweimal sagen. Laut und immer noch heiser bellend hüpfte er vor der Wohnungstür auf und ab, bis Sepp ihn angeleint und mit an die frische Luft genommen hatte. So zogen die beiden los und ich kümmerte mich um das Frühstück und um die Renovierung meines Äußeren, das unter der unruhigen Nacht ein wenig gelitten hatte.

Das ist schön an so einem Hund: IHM ist es egal, wie zerknautscht man ihn morgens begrüßt, er freut sich einfach darüber, daß man da ist.

Nach einem ausgiebigen Frühstück schnappten wir uns abermals den Hund, um mit ihm ein paar Besorgungen zu machen. Dabei konnte er dann das Dorf kennenlernen. Auf der Liste standen ganz oben Floh-Shampoo und Hundebürste/-Kamm, damit Bo ein etwas gepflegteres Aussehen bekäme. Etwas schöner als vorherigen Nachmittag sah er nach dem gründlichen Bürsten ja schon aus, nur hatte man nach dem Streicheln immer noch das zwingende Gefühl, sich die Hände waschen zu müssen. Einen solchen Seifenverbrauch hatten wir lange nicht gehabt wie in diesen paar Stunden, die Bo bei uns war. Daher war es sicher einfacher, den ganzen Hund gründlich zu reinigen, auch wenn er vielleicht am Montag zurück müßte.

Sollte er das wirklich?

Nein, dieser Gedanke schien mir inzwischen ganz abwegig. Ich hatte mich schon entschieden und hoffte, daß auch Sepp zu dieser Erkenntnis gekommen wäre. Aber wenn ich ihn direkt gefragt hätte, hätte ich sicher keine klare Antwort bekommen. Aus seinem Verhalten zu schließen, hatte er Bo allerdings schon fest ins Herz geschlossen, aber ob er dies auch zugeben würde, wo er doch so gegen die Anschaffung eines Hundes war?

Also abwarten. Notfalls würde ich um Bos „Adoption" mit weiblicher List und Tücke kämpfen.

Ich betrat das kleine Geschäft, das praktischerweise keine fünf Minuten Fußweg von unserem Haus entfernt alles anbietet, was Hunde-, Katzen- und Vogelherzen höher schlagen läßt. Die Preise sind zwar höher als im Supermarkt um die Ecke, aber dafür gibt es eine nette Beratung und für die vierbeinigen Kunden oftmals eine Kostprobe der ausgestellten Leckereien. Später sollte Bo eine echte Zuneigung zu den Verkäuferinnen entwickeln und uns immer direkt in den Laden zerren, auch wenn wir nicht vorhatten, dort etwas zu kaufen.

Nach einigem Suchen und einem kurzen Schwätzchen hatte ich die benötigten Dinge gefunden und bezahlt. Sepp und Bo warteten vor der Ladentür.

»Der ist aber nett, er sieht richtig originell aus. Und bei ihnen wird er es sicher gut haben, da bin ich ganz sicher« meinte die Verkäuferin, der ich natürlich Bos Geschichte erzählt hatte.

Diese Zuversicht stärkte mich, denn irgendwie fühlte ich mich auch an diesem Morgen noch so sonderbar, ein wenig zitterig, der Kloß im Bauch rumorte und ich war total verspannt. Aber wenn es alle Leute gut fanden, daß wir den Bo zu uns nahmen, würde es sicher gutgehen, so hoffte ich.

Nach einigen weiteren Besorgungen im Örtchen war es auch schon Mittagszeit und ich machte mich daran, unser Essen zu kochen.

Bo lag im Flur vor der Küche und ließ mich nicht aus den Augen. Die Schnauze am Boden zwischen den Pfoten, die er leicht abgewinkelt nach rechts und links vom Kopf recht malerisch drapiert hatte.

»Er hat sicher Hunger. Im Tierheim haben sie die Hunde doch auch mittags gefüttert. Schau mal nach, was wir da für Dosen mitbekommen haben.«

»Hier steht, er solle bei seiner Größe drei Dosen zu fressen bekommen, kann das sein? Ich kann mir das gar nicht vorstellen. Geben wir ihm erst einmal eine und wenn er die alle hat die nächste. Und ein wenig von dem Trockenfutter dazu, das wir bekommen haben. Das ist zwar für Welpen, wird aber sicher auch schmecken», meinte Sepp.

Bo bekam seine Futterecke in der Küche, die aus bautechnischen Gründen (vorgezogenes Dach) leider sehr dunkel ausgefallen ist und eigentlich die ganze Zeit mit Licht benutzt werden muß. Daher war es mir nicht unverständlich, daß Bo dieses düstere Gemäuer recht zögerlich betrat, nachdem das Geräusch eines Dosenöffners und das Geklapper von Dose und Freßnapf ihn aus seiner Warteposition hervorgelockt hatten. Ganz vorsichtig, beinahe schüchtern, betrat er die Küche, so als ob er früher solch einen Ort nie betreten durfte.

Wer weiß, was ihm der alte Mann so alles verboten hatte? Vielleicht bekam er sonst sein Fressen im Keller oder

im Bad und wurde immer aus der Küche gejagt, wegen der Hygiene und Sauberkeit? Aber mit einem Keller können wir nicht dienen, unter unserem Erdgeschoß befindet sich bereits der Erdboden. (Was bei Überschwemmungen, die hier öfters vorkommen und die Keller überfluten, recht praktisch ist). Im Badezimmer haben Futternäpfe meiner Meinung nach nichts zu suchen, also blieb halt nur die Küche, wenn wir ihm nicht gleich einen Platz am Eßtisch einräumen wollten...

Nun stand er endlich vor dem Futternapf, aus dem es nach Hundegeschmack sicher verführerisch duftete. Ich war allerdings eher der Meinung, daß es stank, aber ich sollte und wollte das Zeugs ja auch nicht essen.

Bo auch nicht.

Angewidert drehte er den Kopf zur Seite. Auch Aufforderungen unsererseits, das „schöne Freßchen" doch wenigstens zu probieren, schlugen fehl. Dafür sah er uns liebevoll aus seinen dunklen Augen an, mit einem Blick der um Verzeihung bat. Dann nahm er einen Schluck Wasser, drehte sich um und verschwand aus der Küche und bezog wieder Stellung im Flur.

Da standen wir nun, reichlich ratlos.

»Vielleicht hat er ja keinen Appetit. Lassen wir es stehen, dann kann er fressen, wann er will.«

Damit überließen wir den Freßnapf dem Geschwader von Fliegen, die unser Haus in Beschlag genommen hatten. Der „Duft" zog in die angrenzenden Räume, aber Bo rührte das Fressen nicht an. Spät am Abend nahm er ganz wenig, wohl um das größte Loch im Bauch zu stopfen oder um uns einen Gefallen zu tun. Den Rest konnte ich in die Mülltonne tun. Dort sollte die nächste Zeit das meiste Fressen landen, denn Bo wollte scheinbar eine Null-Diät durchführen oder hatte einfach durch das ganze hin und her den Appetit verloren.

Bis wir dahinter kamen, daß er für Nudeln mit Soße oder gekochten weißen Pansen oder Brathähnchen mit Reis schwärmte, mußte noch einige Zeit vergehen. (Was aber nicht heißen soll, daß er nun nur seine Leib- und Magenspeisen bekommt! Er bekommt nach wie vor Hundefutter, allerdings mit einigen, ganz winzigen für ihn bekömmlichen Resten unserer Mahlzeit, da wir gemerkt hatten, daß er sich wohl bisher mit seinem Herrchen das Essen geteilt hatte. Daher hatte er wohl auch seinen Bauch!).

Einstweilen aßen wir unser Mittagsmahl mit genau so wenig Appetit wie Bo, denn die neue Situation schlug wohl uns allen gehörig auf den Magen. Außerdem wurden wir argwöhnisch beobachtet. Bo lag ein wenig vom Tisch entfernt, die Augen hingen wie gebannt an den feinen Brokken, die wir uns zum Munde führten. Nicht, daß er gebettelt hätte. Oh, nein, das nun wirklich nicht. Das lief viel subtiler. Ein Blick aus großen, feuchten, braunen Hundeaugen und ...

Nein!

»Gebettelt wird nicht. Das das ein für alle Mal klar ist! Und wir lassen uns nicht erweichen. Du mußt Diät halten. Und Menschen-Essen ist nichts für Hunde. Viel zu gewürzt und scharf. Da wird dir nur schlecht von.«

Ob dies Bo wirklich überzeugte, uns in Ruhe essen zu lassen, weiß ich nicht. Aber er schaute nun demonstrativ zur anderen Seite, legte sich wieder flach auf den Boden, den Kopf krampfhaft von uns abgewendet und schmatzte leise vor sich hin. Einen Penny für seine Gedanken... Sicher waren es nicht die freundlichsten.

Nach dem Essen war es Zeit für eine Siesta. Es war warm und sonnig, also legten wir uns in den Garten unter den Sonnenschirm und ließen es uns gutgehen. Bo suchte sich ein schattiges Plätzchen, legte sich nieder und war bald selig entschlummert. Er schnarchte sogar ein wenig.

Auch wir genossen die Ruhe, die friedliche Stille, die nur von ein paar zwitschernden Vögeln im Geäst unsere Büsche und Bäume unterbrochen wurde.

Da, plötzlich, schnelle Schritte und ein ständiges „plop" „plop". Der halbwüchsige Sohn von Nachbarn führte den Familienhund Chiccy, einen kleinen Yorkshire Terrier, aus. Und prellte dabei seinen Basket-Ball mit diesem penetranten Geräusch vor sich her.

Sofort war Bo wach, hob den Kopf und schaute ganz irritiert.

Ich hatte eigentlich erwartet, daß er bellen würde, aber:
— Nichts!

Scheinbar hielt er es nicht für nötig, diese Störung unserer Mittagsruhe zu kommentieren, oder er hatte generell keine Lust zu bellen.

Wie schön!

Das würde uns ja so manchen Ärger mit den Nachbarn ersparen, denn Hundegebell ist einer der Hauptgründe für Nachbarschaftsstreit, die so manchen vor das Gericht bringen.

Noch ein Grund mehr, für Bo als unseren Hund zu plädieren.

Er sammelte zusehens Pluspunkte.

Heute bin ich schlauer und glaube zu wissen, daß Bo sich am Anfang bei uns nur als Besucher fühlte. Da es nicht sein Zuhause war und auch nicht sein Revier, brauchte er nichts zu verteidigen. Bellen war also für ihn nicht angesagt. Seit er etwas später erkannte, daß das alles „sein" Haus und Garten ist, sah es ganz anders aus. Jeder vorbeikommende Mensch oder Hund, jedes Auto wird ausgeknurrt, angebellt oder angepöbelt. Wenn es ein Freund oder Kumpel ist wird der auch mal angefiept und angewinselt und hinter der Gartenpforte begrüßt mit einer Einladung zu einem kleinen Spielchen bei uns im Garten. Wie gut, daß er den Trick mit der Türklinke bis heute nicht beherrscht, wir hätten ständig vierbeinigen Besuch!

Aber auch die Belästigung der Nachbarn hält sich in Grenzen. Einige, die er kennt, brauchen keine Angst mehr zu haben. Die werden freundlich begrüßt. Auch Leute, die ihn mit seinem Namen ansprechen und sagen: »Ist doch gut Bo, hast ja fein aufgepaßt«, brauchen nichts zu befürchten. Hassen tut er aber schnell vorbeifahrende Autos auf dem kleinen Weg entlang dem Garten und Menschen mit harten Absätzen und schnellem Schritten, deren maschinengewehrartiges Stakkato auf den Betonsteinen vor dem Haus immer wieder eine Bellorgie hervorrufen.

Jeder, der etwas in unseren Briefkasten steckt, wird gemeldet. Das ist für mich insofern praktisch, da ich seitdem immer mitbekomme, daß der Briefträger da war.

Vertreter und sogenannte Drücker überlegen es sich nun zweimal, ob sie uns mit ihren aufdinglichen Reden beehren wollen, denn das tiefe Knurren hinter der Tür läßt auf einen wahren Wolf dahinter schließen. Um die Geschichte komplett zu machen, habe ich bald nach Bos

Einzug ein Schild mit der „Warnung vor dem Hund" an die Haustür sowie der Gartenpforte angebracht, so daß jeder Einbrecher weiß, daß er um seinen Hosenboden fürchten muß, sollte er uns heimsuchen. Ich hatte gelesen, daß dies angeblich auch der beste Schutz vor solch üblen Gesellen ist. Wollen wir es hoffen!

Nach einiger Zeit des müden und trägen Herumdösens wurden wir dann aber endlich ganz aktiv. Auf unserem Plan stand ja noch das Hundebad! Wir hatten es schon gut durchgeplant:

Sepp wollte aus dem Badezimmer von der Dusche aus einen Schlauch in den Garten legen, denn wir befürchteten, daß das normale Leitungswasser vielleicht doch eine Spur zu kalt sein könnte. Ich hätte jedenfalls damit nicht geduscht! Auch nicht bei fünfundzwanzig Grad Lufttemperatur. Und was ich nicht mag, wollte ich auch Bo nicht zumuten. Was du nicht willst, das man dir tu'...

So bekam er lauwarmes Wasser. Aber Floh-Schampoo mußte sein! Ob er es wollte oder nicht.

In der Zwischenzeit hatte ich alte Handtücher zusammengesucht, um ihn hinterher damit abzutrocknen. Aber zuerst mußten wir ihn einfangen und festhalten, bevor er gewaschen werden konnte. Wasserscheu war er ja nicht, das hatte er am Vortag bewiesen, als er mit einem Jauchzer der Erleichterung in die Oker gehüpft war. Also brauchte er sich nun hier auch nicht so anzustellen!!

Ein unvergeßliches Bild: Sepp hält den widerstrebenden Bo am Halsband fest, wir seiften ihn ein und duschten ihn nach fünf Minuten Einwirkzeit ab. So tief hängende Hundeohren hatte ich bei ihm noch nicht gesehen. Im Blick totale Verzweiflung! Wo war er da bloß hingeraten!

Und wie das in seiner Nase stank! Zum Schütteln. Wieder und wieder versuchte er, den unangenehmen Geruch durch Wälzen im Gras und mehrmaliges Schütteln loszuwerden. Was hatten wir ihm da nur angetan! Jetzt hatten wir sicher seine aufkeimende Freundschaft zu uns zerstört.

Ich trocknete ihn anschließend mit den Handtüchern ab, was er sich erstaunlicherweise gerne angedeihen ließ. Besonders am Kopf und am Bauch ließ er sich die Massage mit dem Handtuch gefallen. Was waren wir erleichtert, als die ganze Aktion beendet war!

Erschöpft sanken wir wieder in unsere Liegestühle und begutachteten das nun saubere, glänzende Fell unseres Hausgenossen. Der hatte sich wieder zu uns auf die Sonnenterrasse unter den Sonnenschirm gelegt, Schnauze auf den Boden, die Vorderpforten leicht abgewinkelt. Das Gesicht gramvoll verzogen. Ob er wohl lieber zurück ins

Heim wollte? Sicher nicht! Aber sicher zurück zu seinem alten Herrchen. Ob er den wohl jemals vergessen würde?

»Sieht schön aus, der Gute.«

»Und wie weich sein Fell auf einmal ist. Richtig plüschig. Man sieht jetzt auch, daß er einen richtigen Pelzkragen um den Hals hat.«

Richtig! Das Fell zwischen Kopf und Körper war viel dichter und plüschiger als der Rest, deutlich abgegrenzt auch durch eine etwas hellere Farbe. Wie eine dicke Pelzmanschette. Jede Omi hätte Bo um seinen Pelzkragen beneidet.

Schön sah er aus, richtig schön!

Unser Hund!

Jetzt war auch Sepp soweit, seinem Herzen einen Stoß zu geben. Auf meine Frage nach Bos weiterem Schicksal hörte ich zu meiner Erleichterung:

»Ja, wir behalten ihn. Er hat sich bis jetzt doch so prima verhalten. Wenn nichts ganz Schlimmes mehr passiert, darf er bleiben.«

»Bo«, jubelte ich, »jetzt bist du adoptiert. Und wir wollen ganz lieb zu dir sein, damit du allen Ärger vergißt und auch nicht mehr deinem alten Zuhause hinterher trauern brauchst.«

Als ob er das verstanden hätte, schaute er zu mir auf und lächelte mich scheu und ein wenig unsicher an. Wer nicht glaubt, das Hunde lächeln können, hat das einfach noch nie gesehen. In einem der schlauen Bücher stand, daß Hunde unser Lächeln sehr wohl erkennen und entsprechend interpretieren können und auch selber ein Lächeln mit gleicher Bedeutung durch ein leichtes Hochziehen der Leftzen andeuten. Dies setzen sie aber nur im Umgang mit uns Menschen ein, unter Hunden wäre solch ein Verhalten schon am Rande einer Drohgebärde. Da haben die Vierbeiner eine gehörige Lektion in Menschenkenntnis gelernt. Erstaunlich.

Auf jeden Fall aber lächelte Bo mich an. Und ich reagierte ebenfalls mit einem Lächeln. Wer uns so lächeln gesehen hätte, würde uns sicher für etwas meschugge halten. Aber *wir* wußten warum. Oder etwa nicht? In Bos Kopf konnte ich nicht blicken, aber es wäre doch schön, wenn er das gleiche denken würde wie ich, nämlich, daß er ab jetzt zu uns gehören sollte.

Nun hatten wir also einen Hund!
Und wir fingen schon an, uns an ihn zu gewöhnen. Wie er so schnurchelnd neben uns in der warmen Sonne unter dem Sonnenschirm lag, fand ich das doch sehr anheimelnd. Wie nett müßte das erst im Winter sein, wir alle um den Kaminofen versammelt, leise vor uns hin

schnurchelnd oder dösend. Das hatte doch was, das mußte selbst Sepp zugeben. So ein Hund schafft Atmosphäre.

Inzwischen stand die Sonne nicht mehr ganz so hoch, lange Schatten kündigten den späten Nachmittag an. Die Temperatur war auf ein erträgliches Maß gesunken und nun stand uns der Sinn auf ein weiteres Gassi. Gerade als wir davon sprachen, hörte ich:

»Hallo, Böchen, bist du da?«

Astrid und Kathrin standen am Gartenzaun und wollten uns zum gemeinsamen Spaziergang mit zwei Hunden abholen. Ihre Eltern würden mit Emmy an deren Gartentor auf uns warten. Zuerst mußten die beiden Mädchen aber in unseren Garten kommen und unseren frisch gebadeten Helden begrüßen.

»Der ist aber plüschig geworden. So ein feiner Bo.«

Und so begannen sie mit einer ausgiebigen Runde Hundekraulen, was sich Bo nur zu gerne gefallen ließ. Die kleine Kathrin schlang ihre Ärmchen um seinen Hals und rief:

»Bo, du bist ja so süß.«

Wie gut, daß Emmy das nicht gehört hatte, sie wäre sicher eifersüchtig geworden. Auf Bo war sie sowieso nicht allzu gut zu sprechen. Bei der ersten Begegnung am Vortag zeigte sie nur ein übertriebenes Lächeln – sprich: drohendes hochziehen der Leftzen mit einer Entblößung der kleinen, spitzen Zähne und ein abweisendes Knurren, was ihr ein richtig gefährliches Aussehen gab. Aber vielleicht klappte das beim zweiten Mal besser mit den beiden Hunden? So frisch gebadet und gepflegt müßte Bo doch jedes Hundedamenherz höher schlagen lassen.

Aber nicht Emmys!

Emmy gehört zu den Hunden, die an übermäßigen sozialen Kontakten wenig Interesse haben und als Hundedame empfindet sie ein Abschnüffeln der Hinterfront sowieso als ungehörig und setzt sich im gnädigsten Fall einfach auf ihre vier Buchstaben. Für Bo wiederum ist das ein ganz natürlicher Teil des Kennenlernens und Begrüßens. Er denkt sich anscheinend nichts dabei, einen anderen Hund nach alter Sitte von vorne und hinten zu beschnüffeln, um zu ergründen, wer da vor ihm steht. Ungern zwar, aber um den Regeln des strengen Hundeprotokolls zu genügen, läßt er sich dann ebenfalls von seinem Gegenüber unter die Nase nehmen. Dabei wird mehrmals umeinander im Kreis gegangen und gegenseitig an den verschiedensten Stellen Duftproben genommen. Fällt das Ergebnis zufriedenstellend aus, kommt automatisch die Aufforderung zum Spielen und ein neuer Freund ist gewonnen. Sind die Hunde dabei angeleint, muß nun der hierbei entstan-

dene Knoten aufgelöst werden.

So weit war er bei Emmy noch lange nicht gekommen. Gerade mal, daß sie ihn in der Gruppe duldete.

»Na, wie war die erste Nacht mit Hund? Steht euer Haus noch?«

»Och ja, es ging so. Er hat sich ganz manierlich verhalten. Heute haben wir ihn gebadet. Jetzt kann man ihn auch richtig gut anfassen, es dreckt nicht mehr. Und überhaupt: Wir werden ihn wohl behalten.«

»Ja Bo, Großer, hast du gehört? Die behalten dich. Wie schön. Aber wenn ich ehrlich bin, hatte ich auch gar nichts anderes erwartet. Er ist doch so ein lieber und ruhiger Hund. Und mit ein wenig Diät wird er auch wieder fit und munter. Und Bewegung, die braucht er. Laßt uns doch mal losmarschieren. Wie wäre es mit Richtung Südsee?«

So zogen wir dann also los: zwei Hunde, zwei kleine und vier große Menschen. Eine ganz schöne Meute, wie Bo mit stolzem Blick zur Kenntnis nahm. Hier zeigte sich sein Talent als Hütehund: er achtete genau darauf, daß die Gruppe beieinander bleibt. Blieb jemand zurück, so wartete er, bis der Bummelant wieder bei der Gruppe ankam.

Ein schöner Spaziergang durch üppig blühende Natur. Alles wuchs und wucherte, die Natur hatte ihre Hoch-Zeit. Vögel zwitscherten, im Wasser der Oker schwammen Enten und Schwäne in Paaren und mir wurde so ganz warm ums Herz. Ab und an blieben die Hunde stehen, um zu schnuppern, dann hatte man Zeit, sich die Umgebung genauer anzuschauen. Sechs Jahre lebten wir nun schon hier, aber erst jetzt wurde mir so richtig bewußt, wie schön wir wohnen. Nur ein kurzer Weg und wir sind in der freien Natur, lange Wege führen durch das Grün bis in die Innenstadt oder durch Felder bis in die Nachbarorte.

Wir sollten ab sofort viele neue Wege gehen.

Nach dem ausgiebigen Spaziergang fanden wir uns müde und hungrig wieder zu Hause ein. Inzwischen war es schon wieder Abendbrotzeit! Wie schnell die Zeit doch vergangen war. Nun hatten wir aber endlich richtigen Hunger!

Beim Essen plante ich schon ein Rundschreiben an meine Familie, die wir gleich von unserem „Familienzuwachs" in Kenntnis setzen wollten.

Dafür brauchte ich aber ein Foto. Wie gut, daß ich als Grafikerin über eine Polaroidkamera verfüge. Die Fotos sind zwar elend teuer, aber man hat sie sofort zur Hand. Wenn man einen Film hat. Unsicher geworden schaute ich nach, nicht daß das Unternehmen schon im Vorfeld scheitern würde!

Ein letzter Film lag wohlverwahrt im Kühlschrank!

Damit war die Aktion gerettet und ich konnte im Kopf schon mal den Inhalt des Schreibens vorformulieren.

Der Rest des Tages verlief ruhig, wir waren alle recht geschafft von der neuen Situation und dem vielen ungewohnten Gassi gehen. Vor allem Bo, der vorher scheinbar immer nur Kurzstrecken gegangen war. Sonst hätte er sicher nicht so einen Bauch mit sich herumgetragen. Denn ein „Fresser" war er scheinbar nicht, andernfalls hätte er das Futter nicht stehen lassen.

Ein letztes Gassi noch, es dunkelte schon. In den Okerwiesen stiegen zarte Nebelschwaden auf und die Sonne ging langsam unter, der Himmel rotglühend. Wann waren wir schon mal um diese Zeit hier entlang gegangen? Ohne Hund verpaßt man wirklich vieles! Um diese Zeit war es überall ruhig, scheinbar saßen alle vorm Puschenkino und ließen sich Nüßchen und Bier schmecken. Wir beneideten sie nicht, eher waren wir ganz euphorisch von der ganz besonderen Stimmung, welche die Natur in uns hervorrief.

Dann waren wir endgültig bettreif. Bo legte sich wie am Abend vorher auf die Decke und war relativ schnell eingeschlafen. Wir taten es ihm nach und gingen ebenfalls schlafen.

Aber so richtig konnte ich immer noch nicht zur Ruhe kommen. Im Kopf schwirrten tausend Gedanken.

Nun hatte ich es geschafft! Ich hatte einen Hund. Einen richtig netten Hund. Hauptsache, er will nicht ständig wieder zurück zu seinem alten Herrchen. Es gibt so viele Geschichten von Hunden, die über tausende von Kilometern zu Ihren Leuten zurückgelaufen waren. Das hätte ich nicht gut gefunden. Für Bo und auch für uns nicht.

Er war mir inzwischen schon ein wenig ans Herz gewachsen, auch wenn ich vorerst eine gewisse Distanz bewahren wollte. Ich konnte mein Herz doch noch nicht gleich an ihn hängen. Man muß sich doch erstmal richtig kennenlernen. Und aufdrängen wollte ich mich Bo auch nicht. Wir müßten ganz langsam Freundschaft miteinander schließen.

Und so kam es auch. Nach kurzer Zeit kam er schon an, forderte uns zum Streicheln auf, legte sich auf den Rücken und ließ sich den Bauch kraulen und die Brust, auf der eine ganz weiße, normalerweise nicht sichtbare Fellstelle den Punkt markiert, den halt nicht jeder streicheln darf.

Sepp schlief schon lange tief und fest, er schnurchelte wie Bo am Nachmittag. Die beiden paßten gut zusammen!

»Der hat's gut«, dachte ich noch, »legt sich einfach hin und ratzt weg.« Womit ich dann auch endlich in Morpheus Arme sank.

5. Kapitel

Gut erholt und ausgeschlafen erwachte ich, obwohl es ja eigentlich noch viel zu früh für mich war. Bo war schon wach und winselte leise vor unserer Tür.

»Du, ich glaube, Bo muß mal. Sepp, bist du wach? Kannst du schnell mit ihm gehen, ich mache dann Frühstück?«

»Ja, mache ich. Aber ich dachte das ist dein Hund?«

»Ach, ich bin noch nicht so ganz ausgehfein. Bei dir macht das nichts, du störst dich eh nicht daran, was die Leute so sagen.«

Mich störte das zwar auch nicht, aber so zerwuselt wie ich aussah, wollte ich mich draußen nicht zeigen. Ich bin zwar überhaupt nicht eitel (ich doch nicht!) aber was wäre, wenn mir jemand entgegenkäme, den ich kenne? Und der sähe mich so verpennt mit unserem putzmunteren Hund herumlaufen? Nein, wenn es anders geht, warum denn nicht! Und Sepp zog ja auch recht vergnügt mit unserem lieben Zottelbär davon. Er ist das frühe Aufstehen sowieso gewohnt und hat damit auch keine erkennbaren Probleme.

Bo hatte uns wie am Vortag mit dem Vorzeigen seines Kauknochens begrüßt, ein Ritual, das er heute noch bei jeder Begrüßung, wenn wir heimkommen, zusammen mit einem Indianertanz um unsere Beine, vollführt. Auch Fremde oder Bekannte die wir ins Haus bitten, werden so begrüßt (allerdings ohne Indianertanz, der ist nur uns vorbehalten). Vorher wird jeder der klingelt, ordentlich ausgebellt oder ausgeknurrt. Stellt sich heraus, daß von dieser Person keine Gefahr ausgeht, rennt dieser Hund los und schnappt das erstbeste Utensil, am liebsten natürlich einen Knochen oder ein herumliegendes Stöckchen (so etwas liegt jetzt immer bei uns herum, wie in Haushalten mit Kindern halt überall Spielzeug herumliegt). Damit kommt er angespurtet, nicht darauf achtend, daß er auf dem Parkett ins Rutschen kommen könnte und schliddert dem Besuch (oder auch meinen verdutzten Kunden!) vor die Füße. Versteht jemand ihn dahingehend falsch, daß er ihm dieses Utensil abnehmen möchte, kann es bei Bo schon mal zu einer kleineren Verstimmung kommen, die aber nicht lange anhält.

Liegt gerade nichts aus seiner eigenen Sammlung parat, muß auch mal ein Haushaltsgegenstand herhalten. Ganz besonders komisch war seine Vorstellung, als er mit einer großen Schleife im Maul, die ich für ein noch einzupackendes Geburtstagsgeschenk hervorgesucht hatte, meine Freundinnen begrüßte. Sie waren förmlich hingerissen. Das Problem für mich war später, ihm diese Schleife wieder abzunehmen, denn sie sollte ja ein Geschenk krönen. Nur ein wenig zerknautscht konnte sie aber dann doch noch ihren Dienst erfüllen. Bo erhielt zum Ausgleich einen Hundekuchen…

Gleich nach dem Frühstück machte ich mich daran, den geplanten Brief in der Ich-Form zu formulieren, in dem Bo sich der ganzen Familie vorstellen sollte. Die Ich-Form fand ich recht passen, da die Empfänger so mehr aus Bos Sicht über das Geschehen informiert würden und vielleicht gleich ein wenig Mitleid oder Zuneigung für ihn empfänden.

Das Foto war schnell gemacht und in den Computer eingescannt. Solche Arbeiten sind mein tägliches Brot, also konnte ich ja meine Fähigkeiten auch mal in eigener Sache einsetzen. Mit launigen Worten schilderte ich Bos Geschichte und schloß mit der Aufforderung, man könne ihn ab jetzt bei uns besuchen. Ein stilisierter Pfotenabdruck als Unterschrift und oben im Kopf das Foto, so konnte sich jeder ein Bild machen.

Es gab in unserer Familie gespaltene Lager, Hundehaltung betreffend. Die einen haben ja bekanntermaßen selber einen (Benny), andere müssen öfters den Dackel der Schwiegereltern hüten und würden den kleinen Kerl ungern länger bei sich haben, da er einige recht anstrengende Charakterzüge hat. Der Rest hatte keine bestimmte Meinung. Meine Mutter hätte wohl eher für die Anschaffung eines Hundes als Bewacher plädiert, da sie wußte, daß ich den ganzen Tag allein zu Hause war und manchmal fremde Leute als Kunden zu mir kamen. Da wäre es sicher gut, einen Aufpasser im Haus zu haben. Das würde sie sehr beruhigen. Und unter Leute käme ich auch, die frische Luft würde mir sicherlich guttun. Warum also nicht? Aber ich war doch auf die Reaktionen gespannt.

Kaum war ich mit dem Brief fertig und druckte ihn in mehren Exemplaren aus, da klingelte das Telefon. Es war meine Schwester. Sie wollte hören, wie es denn nun bei uns so stand in Sachen Hund.

»Na, hast du nun ein Hundekind?«

Da war es!

Genau das hatte ich befürchtet! Sicher würden viele nun glauben, daß Bo bei uns als so eine Art Kinderersatz herhalten müßte. Das wollte ich nun ganz und gar nicht! Er ist ein selbständiges, erwachsenes Lebewesen mit eigenen Wünschen und Ansprüchen. Auch wenn er von uns in gewisser Weise abhängig ist, ist er doch kein kleines Kind, das man verhätscheln und verpäppel kann. Er sollte als Freund und Kumpel seinen Platz in unserer „Familie" finden, das hatte ich mir schon geschworen. Aber von außen sah es vielleicht wirklich so aus. Nachdem ich meiner Schwester dies klargemacht hatte erzählte ich ihr:

»Er ist jetzt hier bei uns, vorerst zur Probe übers Wochenende, aber wir haben eigentlich schon beschlossen, ihn zu behalten. Er ist ja so ein lieber Kerl.«

Ich erging mich in der Schilderung der vergangenen Tage und meine Schwester meinte:

»Schade, daß wir so weit weg wohnen. Am liebsten würden wir gleich mal vorbeikommen, um ihn anzusehen. Wir sind ja doch sehr gespannt auf ihn.«

Aber zwischen unseren Wohnorten liegen dreieinhalb Stunden Autobahnfahrt, die nur bei besonderen Anlässen überwunden werden. Nur mal eben so zum Kaffeetrinken, das ging leider nicht.

»Ach, das wäre schön, Benny und Bo müßten sich allerdings vertragen. Ob das gutgeht, weiß ich nicht. Aber wenn ihr Lust habt, könnt ihr ja in den nächsten Tagen mal vorbeikommen, wir haben noch eine ganze Woche Urlaub und Mareike hat doch Schulferien.«

Wir einigten uns auf den kommenden Donnerstag, bis dahin würde Bo sich noch gut eingewöhnen können. Aber so ganz wohl war mir dabei nicht, denn über Benny wußte ich, daß er als Halbwüchsiger ein rechter Rüpel und nicht so einfach zu bändigen war. Meine Nichte Mareike hatte ihn sich zur Konfirmation im Jahr zuvor gewünscht und wie der Zufall es wollte, hatten sie bei ihrem Besuch bei einem Besuch anläßlich meines dreißigsten Geburtstages ein paar Wochen nach der Konfirmation, in unserer Tageszeitung eine Annonce eines Züchters hier in der Gegend gefunden und so ihren Racker bekommen.

Dieses Jahr konnten sie zu meinen Geburtstag am Wochenende zuvor nicht kommen und man könnte dieses Fest nun zusammen mit der „Adoption" von Bo nachholen. Na, wir würden sehen…

Dann telefonierte ich noch mit meiner allerbesten Freundin Jutta, die von meinem Hundewunsch wußte und mit mir schon vor ein paar Wochen beinahe ins Tierheim gefahren wäre. Aber um Streit mit Sepp zu vermeiden, hatte ich dies dann doch lieber gelassen! Wie gut, denn sonst hätte ich den guten Bo nie kennengelernt! Und so, wie es jetzt gelaufen war, war es auch viel besser, denn nun stand Sepp ebenfalls hinter der Entscheidung für einen Hund. Bei einer heimlichen Aktion hätte er sich sicher und zu Recht überrumpelt gefühlt.

Jutta kam sofort vorbei. Dieses Wunder mußte sie mit eigenen Augen sehen.

»Wie schön für dich, so ein lieber Plüschi. Er ist wirklich ein richtig Schöner. Der hat bestimmt auf dich gewartet. Alles zu seiner Zeit.«

»Ja, ich hatte das ganz starke Bedürfnis, im Tierheim vorbeizuschauen. Vielleicht sollte es so sein. Bo ist bestimmt der allerbeste Hund für uns.«

Und dessen bin ich mir auch heute noch sicher. Wir hätten keinen lieberen, zärtlicheren und rücksichtsvolleren Hund finden können. Er hat sich uns so vollständig angeschlossen, daß man nie auf die Idee kommen könnte, wir würden uns noch kein halbes Hundeleben lang kennen. Er scheint mit uns aber auch zufrieden zu sein. Gerade letztens schnupperte er vor der Haustür herum, während ich mit Iris ein Schwätzchen hielt. Als sie sich verabschiedete, wollte ich Bo hineinrufen, aber auf diesen Ohren war er mal wieder taub. Es war wohl gerade eine interessante Hundedame oder ein fremder Rüde vorbeigekommen und hatte einige Duftmarken hinterlassen, die er noch genauestens analysieren mußte. Da meinte Iris zu ihm:

»Bo, wie ist es, soll ich dich wieder zurück ins Tierheim bringen? Gefällt es dir bei deinem Frauchen nicht mehr?«

So schnell war der Hund noch nie ins Haus gewetzt wie nach diesem Satz. Ob er es verstanden hatte oder die ganze Geschichte ein weiterer „Zufall" war, bei dem man das Gefühl haben könnte, Bo versteht unsere Sprache recht gut? Auf jeden Fall hatte er gezeigt, daß er lieber bei uns bleiben wollte. Auch einer Aufforderung von Iris, sie heimzubegleiten, kam er nur bis zur ersten Ecke nach, um dann wieder zu mir zurückzukehren und sich an mein Bein zu schmiegen. Kann es einen besseren Beweis der Zuneigung geben?

Mit einigen ausgedehnten Gassis und Ruhepausen bekamen wir auch diesen ersten gemeinsamen Sonntag herum. Montag früh wollte Sepp Bo im Tierheim bezahlen, dann wäre die Sache perfekt.

Die Nacht verlief ohne Zwischenfälle, Bo hatte unsere Tabus akzeptiert.

Was für ein pflegeleichter Vierbeiner!

6. Kapitel

Wieder begrüßte uns Bo auf seine freundliche Art mit seinem Knochen im Maul, wieder liefen Bo und Sepp das erste Gassi ab und ich richtete das Frühstück. Fast schon ein ganz normaler Tag, wenn wir nicht noch Urlaub gehabt hätten. Auch die Anspannung hatte spürbar nachgelassen und der Alltag nahm uns in Besitz.

Gleich um zehn Uhr fuhr Sepp ins Tierheim. Er bezahlte eine Spende ans Tierheim, dafür durfte der Hund ab sofort bei uns bleiben. Einen passenden Hundekorb konnte er auch noch erwerben, sehr gut erhalten für einen Bruchteil des im Geschäft verlangten Preises. Die Differenz dazu ging ebenfalls als Spende ans Tierheim.

Da er den Vertrag unterschrieben hatte, neckte er mich nun damit, daß Bo jetzt aber sein Hund wäre. Das fand ich gar nicht richtig! Ich war doch mit Bo daheim geblieben, da ich nicht wollte, daß ihn der Anblick des Tierheims in unnötige Seelenqualen stürzen würde. Bo war ein wenig verunsichert, als uns Sepp verließ, war aber um so erfreuter, als dieser wieder vorfuhr und ich ihn mit dem Satz:

»Herrchen kommt«, ankündigte.

Sicher hatte er ein anderes Herrchen erwartet, aber nach einem Moment der Irritation fing er mit dem schon beschriebenen Freudentanz an. Zwar noch etwas zurückhaltender als er es heute macht, aber in Ansätzen bereits gut zu erkennen.

Jetzt war er ganz offiziell unser Hund.

In den zugehörigen Dokumenten stand leider nichts über Bos wirkliches Alter. Auf dem Schild am Zwinger stand, er wäre neun Jahre alt, in den Unterlagen waren acht Jahre vermerkt. Der Impfpaß verzeichnete nur das Geburtsjahr 1984. Schade, da würden wir nie richtig Geburtstag feiern können! Aber viel wichtiger war, daß auch keine Fünffachimpfung im Impfpaß vermerkt stand, die er doch angeblich erhalten hatte. Ein Anruf im Tierheim klärte auf, daß er tatsächlich noch nicht geimpft war. Das sollten wir aber noch auf Kosten des Tierheims nachholen lassen, so ließ man uns wissen.

Nach den Tierarzterfahrungen am Freitag wollten wir mit ihm aber lieber zu unserem Tierarzt in Braunschweig fahren, der auch schon all unsere Wellensittiche verarztet hatte. Zudem ist auch er mit dem Tierheim, aus dem Bo kam, durch einen Sitz im Vorstand des Tierschutzvereins verbunden. Ein kurzer Anruf und schon hieß es, daß wir gleich vorbeikommen sollten.

Nun mußte Bo wieder Auto fahren. Wie sollten wir das machen, ohne daß es wieder total chaotisch würde? Die letzte Fahrt war mir in lebhafter Erinnerung geblieben, der blaue Fleck auf meinem Oberschenkel hatte gerade eine ganz aparte Färbung angenommen.

»Er kommt hinter den Rücksitz, wir machen die Klappe hoch, da ist dann genug Platz. Die Fenster hinten kippen wir. Das wird schon gutgehen.«

Sepp war da ganz optimistisch.

Die Idee mit dem Autofahren machte Bo mißtrauisch. Was wir wohl von ihm wollten? Die letzte Autofahrt hatte sein Leben verändert und die davor erst recht, da war er ins

Tierheim gefahren worden. Er hatte also jeden Grund, vorsichtig zu sein.

Als wir die Autotüren öffneten, um vor der Fahrt noch ein wenig Frischluft hineinzulassen, machte er es sich bereits auf dem Beifahrersitz bequem und war ziemlich sauer, als er nach hinten verbannt wurde. Sicher war er früher immer vorne mitgefahren. Das ist nun aber mein Platz und ich hatte keine Lust, mir diesen streitig machen zu lassen. Schmollend saß der Hund dann hinten und fing beim Anfahren sofort mit einem Jaul-Bell-Winsel-Konzert an, das erst beim Halt vor der Tierarztpraxis aufhörte. Damit sollte wohl sein Mißfallen an der ganzen Geschichte kundgetan werden.

Dann ging's durch den Vorgarten hindurch in die Praxis hinein. Das erste – und auch letzte Mal – marschierte unser Hund mutig, mit erhobenem Schwanz und stehenden Ohren in die Praxis. Die kannte er noch nicht und wußte auch nicht, was ihn dort erwartete. Bei späteren Besuchen legte er sich spätestens nach der ersten Tür auf den Boden und war durch nichts davon zu überzeugen, ins Behandlungszimmer zu gehen.

Wir wurden schon erwartet. Der Tierarzt kannte uns schon durch die vielen Besuche mit unseren Vögeln, die leider alle von einem bestimmten Alter an mit mehreren Zipperlein und auch schwereren Krankheiten in seiner Behandlung waren. Aber ich hatte immer das Gefühl, daß an so einem Piepmatz auch der beste Tierarzt nicht viel gesundmachen kann.

Um so erfreuter wirkte der gute Doktor, als wir ihm unseren Bo vorstellten. Da er selber einen Hund hat und dadurch wohl auch eine stärkere Zuneigung zu diesen Tieren empfindet, lernten wir ihn noch viel freundlicher als vorher kennen.

»Hallo Bo, alter Kumpel. Ja, du bist ja ein guter Hund. Gibst mir sogar das Pfötchen. Da wollen wir doch mal schauen.«

Damit fing er an, Bo genauer zu untersuchen. Er schaute ihm ins Maul und entfernte dann etwas Zahnstein, was Bo nicht ganz so lustig fand. Er knurrte dabei was das Zeug hielt.

»Na komm, alter Junge, stell dich nicht so an. Bist doch so ein feiner.«

Zu uns meinte der gute Doktor.:

»Ja, er mach einen guten Eindruck. Ich würde ihn so auf 6 Jahre schätzen. Ein wenig zu dick, aber ich habe hier ein gutes Diätfutter, das können sie ihm geben, da nimmt er gut von ab. Wieviel wiegt er denn?«

»25 kg«

Wie gut, daß wir ihn vorher noch gewogen hatten. Das war eine Aktion gewesen: Sepp mit Bo auf den Armen auf der Waage, der sich zappelnd gegen diesen Eingriff in seine Privatsphäre zu wehren versuchte. Dann Sepp noch einmal ohne Hund. Die Differenz war das eben genannte Gewicht unseres Hundes. Ein stolzes Gewicht für einen mittelgroßen Hund. Fand der Tierarzt. Fanden wir auch, obwohl wir uns da ja so genau nicht auskannten, aber Sepp hatte ziemlich lahme Arme vom Festhalten bekommen.

»Na, so 22 kg kann er wiegen. Der Rest sollte langsam runter. Und dann kann er später am Fahrrad laufen. Das tut ihm gut.«

Was, der arme alte Hund am Fahrrad? Ob das wirklich gut für ihn ist? Da hatte ich so meine Zweifel. Ich hatte es bisher immer als Tierquälerei empfunden, wenn jemand seinen Hund am Fahrrad hinter sich herzerrt, weil er vielleicht zu faul zum Laufen war. Aber der gute Dr. wird es ja wissen. Aber vorher mußte Bo ja abnehmen, dann könnte man weitersehen.

Das Futter gab es im großen Sack, der Arzt versicherte uns noch, daß auch sein Hund gerne davon frißt und schon durften wir den freundlichen Ort verlassen. Vor der Tür fiel mir auf, das Bo wieder nicht geimpft worden war.

»Das hat er bestimmt auch vergessen. Den Impfpaß haben wir zwar ausgefüllt wiederbekommen, aber ich gehe lieber gleich wieder rein. Bleib du mit Bo hier draußen, ich frage mal nach« sagte ich und sprang wieder hinein.

»Nein, alles o.k.«, versicherte mir unser Doktor, »Ich habe das vorhin gleich zur Begrüßung gemacht, als ich mich zu ihm hinuntergebeugt habe. Das hat er gar nicht mitgekriegt.«

Ich auch nicht! Aber wenn das so im Verborgenen geht, um so besser.

Beruhigt ging ich zu meinen beiden wartenden Männern. Der Hundemann wollte jetzt noch ein wenig Bewegung, also schlossen wir einen schönen Spaziergang im nahegelegenen Park an. Beim Schnüffeln und Pieseln konnte Bo seinen Streß abbauen und wir rekapitulierten den Arztbesuch:

»Bo ist wohl gesund. Und wenn ein Fachmann ihn so viel jünger geschätzt hat…«

Mein Herz machte einen kleinen Hüpfer vor Freude. Dann könnten wir uns ja vielleicht noch auf einige schöne gemeinsame Jahre freuen. So ganz traute ich dem Frieden zwar immer noch nicht, beobachtete den Hund vor uns recht argwöhnisch, ob er nicht doch ältlich wirkte, war aber doch begierig darauf, das Gegenteil davon festzustellen. Je aktiver und munterer Bo wurde, um so gelassener wurde ich. Ich war bald bereit, in ihm einen etwa mittelalten Hund zu sehen. Umgerechnet ins Menschliche wäre er so Ende Fünfzig, da konnte man ja noch ziemlich fit sein. Wollten wir das Beste hoffen! Und je länger er bei uns war, um so jugendlicher wurde sein Wesen.

War er vorher sehr bedächtig und vorsichtig, hatte er schon bald viel Spaß am Spielen, lernte apportieren (nicht ganz regelgerecht, aber darauf kam es uns wirklich nicht an)

und forderte uns schon bald von selbst zu einem Spielchen auf.

Dann ging's wieder zurück nach Hause. Wieder mit Gebell und Gewinsel, was ziemlich nervte. Aber verstehen konnte ich Bo schon. Autofahren war für ihn mit ganz unangenehmen Erfahrungen verbunden: mit Tierheim und jetzt auch noch Tierarzt. Das kann einem Hund schon angst machen.

Wir wollten daher mit ihm vorerst so wenig wie möglich Auto fahren, bis er sich an uns gewöhnt und Vertrauen gefaßt hätte. Und dann sollte er auf dem Rücksitz und nicht hinter dem Rücksitz mitfahren. Ein Abtrenngitter wollten wir kaufen, damit er nicht nach vorne fallen konnte, wenn Sepp bremsen mußte. Und damit er sich nicht nach vorne drängeln und auf meinem Sitz Platz nehmen könnte....

Somit waren für den Rest des Urlaubs sämtliche größere Ausflüge gestrichen, denn Bo alleine daheim zu lassen, brachten wir auch nicht übers Herz. Zu Hause wäre es ja auch schön, trösteten wir uns. Bo muß sowieso noch seine neue Heimat kennenlernen, da hätten wir genug abzulaufen.

Der Rest des Tages verlief dann recht ruhig mit weiteren Gassis und der inzwischen obligatorischen Fellpflege. Immer noch bürsteten wir Berge von Haaren aus Bos Fell, die Vögel der gesamten Umgebung hatten sicher inzwischen Super-Luxus-Nester. Auf unserem Komposthaufen war die ganze obere Schicht mit Haaren bedeckt.

Auch im Haus lagen überall Haare. Wahrlich kein schöner Anblick. Haare, zu kleinen Flusenhaufen verklumpt, wehten über das Parkett und bauschten sich in den Ecken. Der Teppich war an den Stellen, an denen Bo gelagert hatte, von einer Haarschicht bedeckt. Und er war doch erst ein paar Tage da! Ich hatte die letzten Tage zwar schon öfters mit dem Besen hantiert, aber nun war eine Grundreinigung wohl unumgänglich.

Das sind halt die Schattenseiten, dachte ich so bei mir. Aber wenn ich meckern würde, würde ich bestimmt zu hören bekommen, das ICH es ja war, die einen Hund haben wollte. Also sagte ich lieber nichts und putzte vor mich hin.

So ein Hund macht schon eine Menge Dreck. Wer das nicht zugibt, lebt entweder schon in einem Saustall oder er hat eine Putzfrau. Hatten wir aber nicht und daher verbringe ich seitdem jeden Tag einige Zeit damit, all die Hundehaare zusammenzufegen und den hereingetragenen Dreck wegzuputzen. Zweimal im Jahr beim Fellwechsel intensiver, dazwischen reicht manchmal sogar nur das Kurzprogramm. Aber Hundekuchen und Lekkerlis werden natürlich gleich wieder dort zerbröselt, wo ich justament vorher herumgewienert habe und frischgewichste Böden mit in den Gartenbeeten einpanierten Pfotenabdrücken verziert, damit auch nicht anfange, mich zu langweilen.

Aber es ist zu ertragen. Bo macht das alles doch nicht mit Absicht, und wir Menschen haaren ja schließlich auch. Im Badezimmer kann ich das jeden Tag bewundern, da geht Bo nicht hinein und der Berg an Haaren muß demzufolge menschlichen Ursprungs sein. Und wenn wir Menschen so ein Fell hätten wie Bo, ja dann... Gar nicht auszudenken. Wie gut, daß dem nicht so ist. Sonst bräuchten wir wirklich eine Putzfrau.

Es kam der Abend, das letzte Gassi, wieder ein schöner Sonnenuntergang. Wir marschierten, inzwischen schon ein wenig abgekämpft von der vielen ungewohnten Bewegung, tapfer mit unserem Vierbeiner durch die Okerwiesen, auf denen ganz idyllisch, Schafe weideten. Bo lief schwanzwedelnd am Zaun entlang, auf der anderen Seite kam die Herde neugierig näher. Wir waren gespannt, was nun passieren würde.

Das erste neugierige Schaf streckte seinen Kopf durch den Maschendraht, um zu fressen. Scheinbar war das Gras auf unserer Seite viel schmackhafter. Bo kam näher an das sehr gutmütig wirkende Schaf heran, dabei freudig mit dem Schwanz hin und her wedelnd, die großen Ohren steil aufgerichtet. Er schnupperte mit der dicken Nase in die Richtung der Schafe, ging dann auf das mutige Schaf zu, das seinen Kopf noch immer durch den Zaun gestreckt hielt und fing an, diesem das Maul zu lecken. Das Schaf hielt still, als ob es so etwas gewöhnt wäre.

»Der muß wohl im früheren Leben mal ein Schäferhund gewesen sein«, meinte ich. Ich sympathisiere mit der Reinkarnationstheorie, warum soll es so etwas bei Tieren nicht auch geben? Aber vielleicht ist er auch nur mit anderen Tieren aufgewachsen und hat daher für sie solch freundschaftliche Gefühle. Wir waren beeindruckt. So etwas hatten wir noch nicht erlebt!

»Schade, wir hätten den Fotoapparat mitnehmen sollen. So etwas erlebt man ja nicht alle Tage. Oder eine Videokamera. Das wäre echt toll. Dann könnte man solche Momente festhalten«, fing Sepp an zu sinnieren. Eine solche Kamera hatten wir bisher immer für überflüssig gehalten. Aber unter diesen Umständen… Ich fand die Idee auf einmal auch gar nicht mehr so schlecht.

Auf diese Weise begann die Anschaffung des Hundes weitere Käufe nach sich zu ziehen. Erst eine Videokamera, dann ein neuer Fernseher, da die Kamera nicht mit dem alten zusammen funktionierte, dann noch ein kompletter Satz wetterfester Kleidung. Denn nachdem unser Urlaub vorbei war, schlug das Wetter um und es regnete. Regnete den ganzen Sommer hindurch, und wir mußten unsere Ausstattung an regenfester Kleidung dringend erweitern.

Nachdem Bo sich auf das herzlichste von seinen neuen Freunden verabschiedet hatte, traten wir den Heimweg an. Bei unseren Nachbarn, den schon erwähnten stolzen Besitzern der Dackeldame Enja, standen wir noch ein wenig am Gartenzaun und berichteten von unseren Abenteuern. Enja, auf dem sicheren Arm ihres Frauchens, schaute ein wenig ängstlich auf unseren Bo herab. Was sicher nicht durch die Höhenluft begründet war. Sie hatte Bo zur Begrüßung zwar an sich schnüffeln lassen, aber eine genauere Untersuchung ihrer Hinterpartie war ihr dann doch zu viel und sie hatte ihn ziemlich knurrend zu verstehen gegeben, daß er nicht ihr Typ sei. Was Bo einfach nicht verstand.

Um Bos Kummer zu stillen, kam Enjas Herrchen mit einer Köstlichkeit an, die Bo Enja und auch alles andere vergessen ließ. Dieter, unser Nachbar, hatte am Schlachthof lauter Hundeleckerbissen eingekauft. Ochsenziemer und Schweineohren und Dinge, die ich nicht einmal vom Hörensagen her kannte. Bo bekam etwas Stinkiges mit Kuhfell daran, was mich sehr ekelte. Auf der Stelle fing Bo an, darauf herumzukauen. Er schien damit scheinbar einige Erfahrung zu haben. Als wir uns verabschiedeten, trug unser vierbeiniger Schnäppchenjäger stolz sein Geschenk in der Schnauze.

»Damit kommt er mir aber nicht ins Haus«, protestierte ich.

»Das ist ja ganz widerlich. Was Dieter sich bloß dabei gedacht hat?«

Dieter hat es sehr gut gemeint mit unseren Hund. Der schwärmt nämlich für alles, was so herrlich stinkt. Später sollte mich so etwas wirklich nicht mehr ekeln, da kaufte ich selber all diese Leckereien ein und fand es gar nicht mehr widerlich, von meinem Hund mit einem angegnatschten Schweineohr im Maul begrüßt zu werden.

Ja, ja, man lernt dazu.

Außerdem sollte man wirklich toleranter sein. Ein Hund erträgt ja auch klaglos unseren, für seine Nase sicherlich ganz penetranten Gestank nach Parfüm, Cremes, Putzmitteln und Auspuffgasen. Da sollten wir uns über ein wenig stinkigen Pansen wirklich nicht aufregen.

Bo mußte also so lange im Garten bleiben, bis er dieses ekelige Etwas verputzt hatte. Dann durfte er hinein. Schnurstracks lief er in die Küche und soff den halben Wassernapf leer. Das Zeugs war wohl etwas scharf oder salzig oder… ?

Auf jeden Fall war es wohl sehr gut, denn wann immer wir in der nächsten Zeit am Haus unserer Nachbarn vorbeikamen, zog Bo in Richtung Haustür, in der Hoffnung auf einen weiteren Leckerbissen. Wir hatten ihn ja auf Diät gesetzt und er mußte nun sehen, wo er blieb.

Sein Fressen blieb noch einige Zeit ein echtes Problem. Das Trockenfutter vom Tierarzt veranlaßte Bo nicht zu Begeisterungsstürmen. Es sollte eventuell mit Fleischbrühe angerührt werden, was mich dazu veranlaßte, Bo nun alle paar Tage einen Topf voll ungesalzene Knochenbrühe zu kochen, denn ich glaubte, ein Brühwürfel sei zu salzig. So weit ich gehört hatte, sollten besonders ältere Hunde salzarm fressen. Also kaufte ich, wo immer ich sie bekam,

Rinderknochen oder auch mal Hühnerklein und kochte ihm eine Brühe, die er dann über sein sehr stark nach Kleie riechendes Futter bekam. Das schmeckte ihm zwar immer noch nicht besonders gut, aber auf jeden Fall besser als Trockenfutter pur.

Mit sehnsüchtigen Augen verfolgte er mich aber bei meiner Arbeit am Herd, wenn ich unser Essen zubereitete. Davon hätte er zu gerne was gehabt. Es war ihm an der dicken Nasenspitze anzusehen. Die reckte er begehrlich schnüffelnd in die Luft und leckte sich dann demonstrativ das Maul.

Wollt ihr mich nicht verstehen oder seid ihr so dumm?, schien er zu fragen. Ach, Bo, wir verstehen dich nur zu gut, aber das darfst du nicht fressen. Du mußt doch abnehmen, damit du ganz lange fit und munter bleibst…

Da er immer einen großen Rest von seinem Fressen übrig ließ, nahm er beizeiten das erforderliche Gewicht ab. Er wurde auch körperlich viel aktiver und mußte beim Gassigehen bald nicht mehr so viel hecheln. Inzwischen waren wir es, die hinter ihm herhechelten, denn er legte nun ein ziemliches Tempo vor und konnte gar nicht genug Auslauf haben.

Bald bekamen wir auch heraus, daß er seine Hauptmahlzeit abends einzunehmen gewohnt war, in zwei Etappen unterteilt. Die erste parallel mit unserem Abendessen und dann den Rest noch kurz vorm Schafengehen. Einen allerletzten Rest ließ und läßt er aber immer stehen, egal wie viel ich in den Napf tat. Den konnte ich dann an anderen Morgen getrost in den Müll tun. Vielleicht hatte er früher jemanden, der diesen Rest bekam?

So langsam bekam er uns dahin, wo er uns hinhaben wollte. Bis es endgültig soweit war, daß sein neues leben seinen Vorstellungen entsprach, sollte zwar noch einige Zeit vergehen, aber der Anfang war gemacht.

7. Kapitel

Die Tage vergingen wie im Flug. Ständig waren wir unterwegs, bald kannte Bo sein neues Revier und auch viele seiner Hundekollegen.

Ob Freund oder Feind, das mußte sich erst noch herausstellen, denn in den ersten Tagen hatte Bo natürlich noch nicht viel zu sagen. Alle anderen Hunde bellten ihn aus, wenn wir mit ihm an ihren Grundstücken vorübergingen. Selbst der kleinste Dackel blähte sich mächtig auf um Bo von seinem Status zu überzeugen.

Bo ließ das alles kalt.

Kein Blick zur Seite. Kein Wuff, wau oder auch nur ein kleines Knurren. Aber er beobachtete das Szenario. Bald würde auch er hier mitmischen. Vielleicht war er nur nicht so ganz sicher, ob er nun bei uns zu Besuch sei oder ob er hier nun leben und den starken Maxen markieren kann.

Es dauerte aber nicht lange, dann fing er an, wie seine Kumpel die vorbeigehenden Menschen vom Garten aus anzubellen. Besonders der Nachbarsjunge mit seinem Ball (plop, plop, plop) und dem kleinen Chiccy im Schlepptau wurde jedesmal erbarmungslos niedergebellt.

Und dabei sollten Bo und Chiccy noch ganz große Freunde werden!

Eines Abends trafen wir den Familienvater mit Chiccy auf dessen Spätabend-Gassi. Bo wollte gerade anfangen, den kleinen Wicht reichlich arrogant zu übersehen, als dieser schwanzwedelnd auf ihn zukam. Welcher Mut von dem kleinen Yorkshire Terrier! Bo ist ja ein sehr freundlicher, kommunikativer Hund und schließt leicht Freundschaft, aber er sieht wahrlich nicht so aus! Nachdem sich beide Vierbeiner genügend beschnüffelt hatten, begannen sie aufs Schönste zu spielen, bis beide ziemlich außer Atem waren. Bo und Chiccy waren in etwa gleich alt. Chiccys Leute waren erst vor kurzem zugezogen und Chiccy vermißte seine alten Kumpel. Emmy wollte von ihm auch nichts wissen, da ging es ihm genau wie Bo.

Aber nun hatte er einen neuen großen und starken Freund.

Seitdem müssen die beiden sich immer ausgiebig begrüßen, wenn sie einander sehen oder auch nur hören. Geht Chiccy am Grundstück vorbei (plop, plop, plop), winselt Bo so lange, bis sich einer von uns erbarmt und die Gartenpforte öffnet, damit die beiden Freunde zueinander können. Oder Chiccy bleibt einfach vor unserem Haus stehen und muß manchmal sogar weggetragen werden, wenn Bo sich nicht blicken läßt (da sieht man die Vorteile eines kleine Hundes!).

Dabei werde ich den Eindruck aber nicht los, daß Bo, je mehr neue Freunde er findet, Chiccy nach kurzer Zeit ein wenig lästig findet. Dieser hängt sich recht gerne bei Bo um den Hals, leckt ihm durch das Gesicht und lauter solche Geschichten. Und er versucht natürlich, bei Bo aufzureiten um seine Dominanz zu zeigen. Bo kontert dann mit einem eleganten Hüftschwung, durch den Chiccy meist abrutscht und sich auf dem Boden wiederfindet. Bo nutzt Chiccys Schrecksekunde dann dazu, seinerseits dem kleinen Kerl zu beweisen, wer hier der Herr ist. Aber all

das scheint Chiccy nicht zu verstimmen. Die beiden scheiden immer als Freunde. Derjenige, der geht, dreht sich meist noch ein letztes Mal nach dem Freund um.

Weitere dicke Freunde wurden dann noch Schröder, ein Pudelmischling und Borris, ein Settermix. Beide auch in Bos Alter. Scheinbar vertragen sich ältere Hunde untereinander besser.

Um Bo ein wenig Abwechslung im täglichen Gassieinerlei zu bieten (uns natürlich auch), planten wir einen kleinen Waldspaziergang. Am Ende unseres Örtchens befindet sich ein kleines Waldstück, welches wir allerdings mit dem Auto ansteuern müssen, da die Entfernung schon ein ausgiebiges Gassi von einer Stunde ergibt. Da wir unseren Vierbeiner konditionsmäßig noch nicht zu viel zutrauen konnten, verluden wir ihn abermals in unser Auto. Schließlich mußte er sich doch wieder daran gewöhnen und mit dieser kleinen Tour wollten wir beginnen.

Er stieg auch willig ein, der Hinweis auf ein schönes Gassi ließ ihn wohl sein Mißtrauen gegenüber einer Autofahrt verlieren.
Aber nur kurz.
Dann setzte sein Heulen, Bellen, Winseln und Jaulen ein und hörte erst am Ziel wieder auf. Den Wald fand er total aufregend. Er rannte, kaum den Auto entstiegen, wie ein Wilder immer kreuz und quer auf dem Weg hin und her.
Wie gut, daß er angeleint war, sonst wäre er sicher im Gebüsch verschwunden. Und auf uns hätte er bestimmt noch nicht gehört. Wer waren wir denn schon für ihn? Wir hatten ihm bereits eine fünf Meter lange Leine mit Federzug besorgt, damit er ein wenig mehr Bewegungsfreiheit hatte, denn wir planten noch lange nicht, ihn frei laufen zu lassen. Es war sowieso gerade Leinenzwang, während der Brutzeit von Vögeln und Wild und die Jäger daher berechtigt, jeden nicht angeleinten Hund zu erschießen. Außerdem wollten wir ihn auch noch besser kennenlernen und feststellen, ob er auf uns hört, bevor er seiner Wege gehen könnte.
Heute läuft er während ruhiger Tageszeiten prima ohne Leine und hört dann sogar noch besser, als wenn er angeleint wäre.
Mit dieser Tour sammelten wir eindeutig Pluspunkte bei ihm, dieses Gassi war so recht nach seinem Geschmack. Er schnüffelte ganz aufgeregt, hüpfte sogar andeutungsweise über einen querliegenden Baumstamm. Eine Tätigkeit, die er in dieser fröhlichen Form noch nicht in unserem Beisein ausgeführt hatte. Es ging wohl langsam auch psychisch aufwärts mit unserem Freund. Schon

war er nicht mehr so verkrampft und schüchtern, er fand immer mehr Interesse an seiner neuen Umwelt.

Wie tief muß der Schock der Zeit im Tierheim und allem, was damit zusammenhing, gewesen sein!

Und dann war es Donnerstag und der große Besuch stand ins Haus. Besuch mit einem Hund! Wie schon am Sonntag besprochen, kamen meine Schwester mit Mann und Tochter und dem guten Benny, um unseren „Familienzuwachs", wie ihn meine Schwester zu nennen pflegte, zu begutachten.

Nach über drei Stunden Fahrt bei schönem, vor allem aber warmen Wetter, kamen sie gegen Mittag etwas erschöpft bei uns an.

Ich wartete mit Bo vor dem Haus, damit Benny und Bo sich auf neutralem Grund kennenlernen konnten. Ich hatte Schwierigkeiten befürchtet. Bo fing gerade vorsichtig an, unser Haus und Garten als sein Revier zu betrachten. Wie würde er da auf einen fremden Hund reagieren?

Ausgesprochen freundlich!

Bo begrüßte alle Ankommenden mit freundlichem Schwanzwedeln und gab sogar Pfötchen, eine Spezialität von ihm, begleitet mit einem sagenhaften Hundeblick, dem niemand so leicht widerstehen kann.

Benny und Bo beschnupperten sich wie es sich gehört, nur als Bo an Bennys besten Teilen schnüffeln wollte, wurde dieser zickig. Das mochte er nicht. Knurr, fletsch und schon pöbelte Benny. Nun mußte man ihm zugute halten, daß er zwar sehr jung und trotzdem schon größer war als Bo! Außerdem befand er sich in einem Alter, indem es ein Rüde mit Stil und reichlich Selbstbewußtsein halt gerne auf eine kleine Rauferei anlegt.

Nach dem Mittagessen machten wir einen gemeinsamer Spaziergang zur Oker. Er verlief viel harmonischer, als wir nach der Knurrerei erwartet hatten, da beide Hunde abgelenkt waren.

Bo brachte schließlich dem aufmüpfigen Benny sogar noch das Schwimmen bei!

Bo mußte natürlich ins Wasser, es war ja heiß und er erhitzt. Es gab also keinen Grund, ihm dieses auszureden. Er also hinein ins kühle Naß. Benny schaute ganz erstaunt hinterher!

Na so was! Das kannte er noch nicht. Bo grinste ihm vom Wasser aus förmlich zu und forderte ihn dann mit einem „Wuff" auf, doch auch hineinzukommen. Ganz herrlich heute dieses Wasser! Mein Schwager konnte es ja gar nicht mit ansehen, wie sein sonst so kecker Hund nun ängstlich am Ufer stand und unser dicker, alter Hund solche Kunststückchen vollführte. Am liebsten hätte er Benny einen kleinen Schubs gegeben, um ihm diesen entscheidenden Schritt abzunehmen. Aber wir rieten ihm alle davon ab. Was sollte der arme Hund dann von seinem Herrchen denken?? Bo kam inzwischen wieder ans Ufer,

schüttelte sich gehörig und machte uns alle, einschließlich Benny, naß. Der wurde nun mutiger. Bo also wieder hinein in die kühlen Fluten und...

Benny hinterher!

Erst nur ganz ängstlich am Rand, dann immer mutiger werdend, auch im tieferen Wasser. Die Schmach vor dem älteren Hund als feige dazustehen, wollte er nun doch nicht auf sich sitzen lassen. Dies war Bennys beginn einer großen Leidenschaft für das Wasser. Im folgenden Sommerurlaub in den Bergen soll er kaum noch aus den klaren Bergbächen herausgekommen sein und auch der heimische Gartenteich ist ein beliebter Abkühlungsort für ihn geworden.

Als unsere vierbeinigen Helden dann beide triefend naß vor uns standen, hegten wir erneut ganz stark die Hoffnung, daß die zwei nach diesem gemeinsam überstandenen Abenteuer vielleicht doch noch Freunde werden könnten. Aber leider stimmte die Chemie wohl nicht. Wie schade!

Bis heute ist Benny bei Bos Anblick eher knurrig, selbst auf fremdem Grund und Boden. So werden gegenseitige Besuche vorerst immer etwas schwierig bleiben.

Eigentlich wollte unser Besuch über Nacht bleiben, aber daraus wurde nun doch nichts, denn Benny mußte von meinem Schwager die ganze Zeit unter strengster Kontrolle gehalten werden, damit die beiden Raufbrüder nicht eine handfeste Keilerei vom Zaune brechen konnten.

Dafür kamen dann in den folgenden Wochen so peu à peu der Rest unserer umfangreichen Familie. Von allen wurde unser Hund freundlich aufgenommen, er bekam sogar reichlich Geschenke. Seine Kauknochensammlung hatte schon bald eine beachtliche Größe angenommen, die Super-Luxusausgabe in XXL bekam er von einem meinem Neffen. Diese Sammlung wurde gehütet und übers Haus verteilt, damit er jederzeit etwas hatte, womit er plötzlich kommenden Besuch begrüßen könnte. Erweitert wurde sie durch diverse Stöckchen, die er sich vom Brennholzstapel mühsam herauszog und die ich dann und wann klammheimlich zum Verheizen unter unseren Ofen legte.

Er hatte nach einiger Zeit so viel persönliche Habe herumliegen, daß er damit manchem Kleinkind alle Ehre machen konnte. Ständig stolperte man über Knüppel, angegnatschte Schweineohren oder auch nur zerbröselte Hundekuchen. Wie gut, daß ich kein Putzteufelchen bin, sonst wäre ich bestimmt verzweifelt.

Unser Urlaub ging schnell zu Ende. Ein Urlaub, der unser Leben ganz schön auf den Kopf gestellt hatte. Nun folgte der schnöde Alltag, die Bewährungsprobe für unseren Neuzugang.

Nun würde sich zeigen, wie wir es im normalen Alltag mit einem Hund aushalten würden.

8. Kapitel

Acht Uhr, aufstehen! Frisch ans Werk, die Arbeit ruft. Mit solch motivierenden Gedanken versuchte ich mir, den Start in die Woche zu versüßen. Aber was hilft es, wenn man so gar keine Lust hat, sich wieder für Stunden vor den Computer zu setzen und Design zu produzieren.

Bo hatte mit Sepp bereits seine morgendliche Runde gedreht und döste noch ein wenig. Als ich verschlafen aus dem Schlafzimmer kam, begrüßte er mich wie immer ganz herzlich. Das war doch ein positiver Tagesbeginn, da kam keine Autosuggestion mit!

»Na mein Kleiner, hast du schon ein feines Gassi mit dem Herrchen gemacht?« frage ich ihn ahnungslos. Er stelle bei dem Wort Gassi sofort die Ohren auf, legte das Köpfchen schief, als ob er überlegen würde und lief dann freudig bellend auf die Haustür zu.

Ach du Schande, was hatte ich getan! Dachte er, er bekäme jetzt noch ein Gassi? Was sollte ich tun? Zumal ich noch nicht ausgehfein war. Ich also ab ins Bad, der Hund winselnd davor. Sepp hatte mir bei seinem Weggehen mitgeteilt, Bo hätte alle größeren und kleineren Geschäfte erledigt! Also konnte es sich doch nur um pure Abenteuerlust handeln.

Und wenn nicht?

„Na, gut! Geschafft, alter Zausel, hast dein Frauchen wieder mal mit ihrer eigenen Blödheit geschlagen". Woher sollte er denn wissen, daß eine Frage mit dem Wort

Gassi darin nicht ein solches zur Folge hat!? Nun mußte ich halt in den sauren Apfel beißen.

Aber es war eigentlich doch recht angenehm, so früh auf den Straßen mit unserem Hund zu flanieren. Die Kinder saßen schon in der Schule auf der anderen Straßenseite. Die Straßen waren verlassen und leer, nur ab und zu karrte eine junge Mutti ihre Kinder per Fahrrad zum Kindergarten. Bo genoß es, endlich nach Herzenslust zu schnüffeln. Ein brachliegendes Feld, Bauerwartungsland, diente sämtlichen Hunden der Umgebung als Tageszeitung. Da wurde gepieselt und sich von den Resten der

gestrigen Mahlzeit befreit, nicht ohne damit aber all den anderen Vierbeinern mitzuteilen:

Bo was here! (Oder: Borris, Chiccy, Charly, Ilka, Schröder, Emmy und wie sie alle heißen).

Während Bo ganz in sein Tun versunken vor sich hin schnüffelte, schaute ich in die Landschaft. Recht beruhigend das Ganze. Man entdeckte doch wirklich immer neue Perspektiven!

Nach einiger Zeit hatten wir die Straßenkreuzung erreicht und ich war der Meinung, das dies wirklich genug sei für ein Extra-Gassi.

»Bo, los komm, Frauchen muß arbeiten. Laß uns nach Hause gehen.«

Unwillig, sich meinem Willen schließlich doch beugend, zog ich ihn beinahe hinter mir her. Wenn es nach ihm gegangen wäre, hätten wir noch stundenlang weitergehen können. Es war doch soo aufregend da draußen.

Was dann kam, war wenig aufregend. Ich saß am Schreibtisch und der Hund langweilte sich. Man sah ihm förmlich an, wie er dachte: Man, ist das langweilig hier. Richtig angeödet starrte er vor sich hin. Zur Abwechslung verbellte er dann kurzerhand jedes vorbeifahrende Auto, daß er hören konnte. Nicht schön für mich, aber er hatte wenigstens etwas Spaß.

Etwa gegen zwölf Uhr machte ich den Computer aus, der bei Beendigung aller Programme einen Piepton von sich gibt. Dieser Ton war bald für Bo das Signal für ein weiteres Gassi. Noch bevor ich alles ausgeschaltet und den Anrufbeantworter als maschinellen Ersatz für mich zum Telefondienst verdonnert hatte, wetzt e er mit einem Affenzahn die Treppe nach unten, aufgeregt bellend, ich soll bloß schnell kommen. Je schöner das Wetter, desto größer die Aufregung. Manches Mal wurde es Bo aber auch zu öde, auf meine Aufforderung zu warten und er fing ab elf Uhr an, um ein weiteres Abenteuer zu betteln. Ich hörte ihn schon, wenn er aufstand und sich ausgiebig schüttelte. Jetzt war er ausgehfein! Dann: Tapp, tapp, rums!! Die Tür zu meinem Arbeitszimmer wurde aufgestoßen, Bo kam herein und schaute mich fragend an. Ich tat so, als ob ich nicht wüßte, was er von mir wollte.

»Na Bo, ausgeschlafen? Willst du mir bei der Arbeit zusehen?«

Jemanden bei der Arbeit zusehen finde ich ausgesprochen schön, besonders wenn es sich um eine Arbeit handelt, die ich sonst machen müßte. Zu meiner Arbeit hatte Bo keinerlei Beziehung. Was interessierte ihn, was ich da mit dem Blechkasten machte? – Nein, Frauchen, das will ich nicht! Stell dich nicht so blöd! Du weißt doch genau, was ich will.

Dann versuchte er es mit Betteln, Pfötchengeben, unter dem Arm stupsen, Winseln, Jaulen und dann schließlich mit markerschütterndem Bellen. Ich hoffte und betete immer, daß zu diesem Zeitpunkt nicht gerade ein wichtiger Kunde anrufen würde. Wenn alles nicht nützt und ich weiterhin stur blieb (vielleicht ist meine Arbeit wirklich eilig, du Hund!), stieg er an der Stuhlkannte hoch um mich am Oberarm zu kratzen.

Das tut erstens ziemlich weh und macht zweitens meine Pullis kaputt. Daher ließ ich mich in diesem Stadium von ihm dann endgültig breitschlagen. Erschöpft gab ich auf.

Bo hatte mal wieder gewonnen.

Auf diese Art erzieht man sich Tyrannen! In jedem schlauen Buch steht, wie man es besser machen kann. Aber ich schaffte es nicht. Es machte mir nämlich auch ein wenig Spaß, das muß ich zu meiner Schande gestehen, wenn Bo und ich um ein Gassi kämpften. Und ihm auch, darum möchte ich wetten.

Nun war also das zwölf Uhr Mittags-Gassi angesagt. Da ich dies auch als meine Mittagspause ansehen wollte, plante ich einen längeren Weg ein.

Noch immer ganz stolz, nun einen eigenen Hund zu haben, leinte ich den Vierbeiner an und wir zogen los.

Schon nach der dritten Ecke bekam ich meinen ersten Dämpfer! Bo hatte mit mir die Straße überquert und am öffentlichen Grün, das die Straße säumte, nach bester Rüdenmanier mit drei Tröpfchen sein neues Revier markiert. Da kamein glatzköpfiges Männlein aus dem Haus dahinter herausgeschossen.

»Ihre Töle hat vor unser Haus geschissen, so eine Sauerei! Immer scheißt er hier her, wie das stinkt!« Die weiteren Beschimpfungen möchte ich hier nicht zu Papier bringen, aber es war höchst unfein. Verdattert stand ich da, ich war mir eigentlich keiner Schuld bewußt, hatte Bo doch nun wirklich keinen Haufen hinterlassen! Den feinen Unterschied zwischen Revier markieren, pieseln und scheißen wollte und konnte ich diesem Giftzwerg nun nicht noch erklären, denn ich kochte vor Wut und Erschütterung über diesen Angriff. Damit hatte ich nicht gerechnet, darauf war ich nicht eingestellt und hatte auch keine passende Antwort parat. So zog ich mit hängendem Kopf und innerlich tausend Verwünschungen ausstoßend von dannen.

Bo ließ das alles kalt. Er zeigte auch keinerlei Mitgefühl für meine verletzte Seele. Ungerührt setzte er seinen Weg fort. Aber ich hatten den ganzen Tag an der Unfreundlichkeit dieses „Herrn" zu knabbern. Leider war dies auch nur der Auftakt von Begegnungen mit ähnlich hundefeindlichen Menschen, die ihren allgemeinen Frust an den vorbeikommenden Hundebesitzern ausließen.

Aber das Leben ist gerecht!

Vor einiger Zeit, ich zog Bo gerade wieder auf die Mitte der Straße, damit er ja dem so argwöhnisch bewachtem Grundstück nicht zu nahe kam. Da grüßte mich eine junge Frau von eben von diesem Grundstück aus. Neben ihr stand ein kecker kleiner Dackelrüde.

»Hallo, sie brauchen doch nicht auf der Straße laufen.«

»Aber ich kann nicht garantieren, daß unser Hund hier keine Spuren hinterläßt. Ich hatte da schon mal ziemlichen Ärger und möchte nicht wieder in Ungnade fallen«

»Ja, ja, ich habe davon gehört, der Vorbesitzer hat wohl alle Hunde verjagt. Aber das ist vorbei. Ab jetzt wohnen wir hier und nun darf ihr Hund auch mal das Beinchen heben. Wir haben ja selber einen, wir wissen, wie das mit einem Rüden ist. Überall muß ein Tröpfchen hin, sonst stimmt die Ordnung im Revier nicht.«

Vorbei!

Es war wirklich vorbei, das Zerren und Schimpfen an dieser doch so wichtigen Kreuzung im Hunderevier. Dem Himmel sei dank! Ich habe seither des öfteren ein kleines Schwätzchen mit dieser netten Frau gehalten. Bo und ihr Rüpel (übrigens ein Halbbruder der Nachbarsdackeldame Enja) nahmen derweil durch den Zaun Kontakt auf. Zu einer Freundschaft zwischen den beiden reichte es zwar nicht, aber sie achten sich. Das ist ja auch schon was, oder? Auf jeden Fall werden wir von Rüpels Leuten immer ganz herzlich gegrüßt, sobald sie uns nur sehen. Ohne Hund würde man sich sicher gar nicht kennen.

Die Mittagsrunde führte dann noch an zwei Häusern vorbei, die von Schäferhunden bewacht wurden. Bo war eigentlich zu allen Hunden freundlich, aber Schäferhunde haßte er anfangs aus tiefster Seele. Wenn er nur einen schäferhundähnlichen Artgenossen von weitem sah, begann er an der Leine zu zerren und gewaltig zu knurren oder zu bellen. Er benahm sich fast so wie die kleinen Hunde im Viertel, Karlchen, Enja oder der Westi Cäsar. Ich glaube, er stänkerte nur, weil er Angst hatte. Erst als er einige Schäferhunde und ihre Halter besser kennenlernte, legte sich dieses Verhalten ein wenig. Bo hatte einige Narben im Fell, die sicher nicht vom Streicheln stammten, die hatte er sich bestimmt ehrlich erkämpft.

Aber zum Raufen habe ich keine Lust und so hielt ich ihn kurz, bis wir an dem Objekt seines Hasses vorbei waren. Kamen wir zum Grundstück von Sando, einem altdeutschen Schäferhund von gewaltigen Ausmaßen, schaute Bo immer vorsichtig, ob dieser auch ja eingesperrt war. Manchmal saß der gewaltige schwarze Prachtkerl vor dem Haus, wurde aber sofort hineingerufen, sobald die Besitzer uns sahen. Sando war sehr gut abgerichtet, er war früher Zollhund und hatte auch gar keine Lust, sich mit so kleinen Kläffern wie unserem Bo abzugeben.

Ganz anders die beiden Schäferhunde, die ein größeres Eckgrundstück bewachten. Ein Rüde namens Pascha und eine Hündin. Pascha war schnell der erklärte Lieblingsfeind von Bo. Ein Tag ohne ausgiebige Kläfferei am Zaun war ein verlorener Tag. Kamen wir auf das Grundstück zu, wartete Bo direkt darauf, daß Pascha am Zaun stand. Die Hündin interessierte in überhaupt nicht, war sie alleine im Garten und bellte ihn aus, zog er reichlich arrogant vorbei. Aber mit Pascha wurde gekläfft was das Zeug hielt, einmal um die Ecke herum. Ich konnte Bo kaum an der Leine halten. Aber ich möchte wetten, daß die beiden Lästermäuler dabei ihren Spaß hatten. Solange der Zaun dazwischen war...

Im Sommer darauf war Pascha mit seinem Herrchen einige Wochen verreist. Bo schaute bald sehnsuchtsvoll auf das Grundstück, ob da nicht eine schwarze Schwanzspitze zu sehen wäre. Wenn wir um die Ecke bogen, ging er gleich in Position um sofort richtig reagieren zu können und:

— Nichts! Kein Pascha da.

Die Wiedersehensfreude am Sommerende war übergroß und lautstark, denn endlich war wieder jemand da, mit dem man sich so richtig schön austauschen konnte.

Das letzte Stück auf dem Weg nach Hause wurde dann noch verschönt von Kimba, einer kleinen, recht frechen Mischlingshündin, einer Jagdhündin namens Nina und den beiden winzigen Dackel des örtlichen Medizinmannes, die alle nacheinander anschlugen. Ein ohrenbetäubendes Bellkonzert in den verschiedensten Stimmlagen. Die kleineren Hunde konnten aber bellen, so viel sie wollten, Bo ließ sich davon nicht provozieren.

Ja, so ein Gassi ist nun mal mehr, als dem Hund einfach nur Bewegung zu verschaffen und ihm Gelegenheit zu geben, sich zu „lösen". Nein, es ist in erster Linie für die Hunde eine Möglichkeit der Kommunikation mit Artgenossen. Und das ist sehr wichtig. Darüber hatte ich bisher wenig nachgedacht, ich hatte es gar nicht bewußt wahrgenommen, was da ablief, wenn ich die Leute mit ihren Hunden spazieren gehen sah.

Wie oft sah ich jemanden, der seinen Hund von anderen Vierbeinern wegzerrte, damit der arme kleine Liebling nicht von dem bösen anderen Hund gebissen wurde. Am liebsten hätten sie ihren kleinen Kerl auf den Arm genommen und ihn so vor der bösen Hundewelt beschützt. Und dann wunderten sie sich, wenn der kleine Liebling irgendwann hysterisch wurde! Ein Hund will seine Kumpel begrüßen, will schnuppern, was es Neues gibt, will spielen und auch mal ein wenig raufen. Selten, daß Hunde ohne Grund aufeinander losgehen oder sich ohne Vorwarnung anzufallen. Solange bei beiden Hunden die Schwänzchen noch freundlich wackeln, braucht man sich wenig Sorgen machen.

Nach diesen Aufregungen mußte ich dann in die zweite Runde meines Arbeitstages gehen. Bo legte sich wieder hin um zu dösen (wie beneidete ich ihn, denn mittags werde auch ich immer so müde) und ich versuchte, den Wünschen meiner Kunden gerecht zu werden.

Als es dann endlich halb fünf war, hörte ich Sepp vorfahren.

»Herrchen kommt.«

Bo stand blitzschnell auf, legte kurz das Köpfchen schief um dann lautstark bellend die Treppe hinunter zur Tür zu laufen, wo ihn Sepp mit einem kleinen Leckerbissen begrüßte.

Endlich wieder Aktion! Endlich keine Langeweile mehr!

Ich beendete meine Arbeit sobald ich konnte und nach einer Tasse Tee schnappten wir uns den Hund, um ein richtig ausgedehntes Gassi zu machen.

Dieses Nachmittagsgassi war seither jeden Tag der absolute Höhepunkt und wurde sehnsüchtig erwartet. Ab drei Uhr fing Bo schon an, auf die Heimkehr seines Herrchens zu lauern. Das Motorengeräusch von Sepps Auto kannte er inzwischen genau. Wenn er es endlich, nach vielen Seufzern und leisem Winseln hörte, raste er wie ein geölter Blitz auf die Haustür zu, die ich ihm doch bitte mal ganz schnell öffnen mußte. Schon wetzte er zum Garagenhof um Sepp gleich schon am Auto abzufangen und ihn begrüßen zu können. Die Freude war und ist riesig, auf beiden Seiten. Ich werde von meinem Mann nicht so überschwenglich begrüßt...

Das letzte Gassi des ersten Arbeitstages fand später vorm Schlafengehen im Dunkeln statt. Danach hatten wir alle die nötige Bettschwere. Bo schlief jetzt in seinem neuen Körbchen ein. Wohl mehr, um uns einen Gefallen zu tun, als aus einem echten Bedürfnis heraus. Am liebsten schlief er nämlich lang ausgestreckt auf dem Parkett oder dem dicken Wohnzimmerteppich.

Irgendwann stand der Korb nur noch ungenutzt als Dekoration herum und landete schließlich auf dem Dachboden. Das Geld hätten wir uns wirklich sparen können. Und wir dachten, ein Hund braucht ein eigenes Körbchen!

Bo plante jedoch von langer Hand etwas zur grundlegenden Verbesserung seiner Bequemlichkeit. Das wußten wir aber zu diesen Zeitpunkt noch nicht! Uns tat der arme Hund nur leid, wie er so auf dem kalten Boden oder dem Teppich lag, der zwar weich aber wenig gemütlich ist. So bekam er nach einigen Monaten die Erlaubnis, das kleine Sofa zu benutzen.

Noch einige Zeit vorher hatte ich mit großen Tönen erklärt, daß unser Hund niemals aufs Sofa gehören würde. Als Beispiel diente uns Benny, der seit einer schweren Erkrankung, die er auf dem Sofa auskurieren durfte, dort nun zu gerne lag, notfalls nach der Masche: Ach ich armer Hund, mir geht es ja wieder so schlecht.

Nun lag unser Schnuffi eines Tages auch auf dem Sofa, unter ihm meine Wolldecke (ich durfte mir eine neue kaufen). War aber sehr logisch, aus seiner Sicht: Frauchen im Sessel, Herrchen auf dem großen Sofa, Bochen auf dem kleinen Sofa. Noch Fragen, Leute?

Man soll doch niemals nie sagen!!

Und so haben wir es zusammen doch recht gemütlich. Nur wenn sich Besuch ansagt, bekomme ich leichte Probleme, wenn ich erklären soll, daß unser Hund normalerweise auf dem Sofa liegen darf. Aber komischerweise liegt Bo dann meist brav auf dem Boden und macht auch keine Versuche, auf seinen Lieblingsplatz zu gelangen. Kommt der Besuch angemeldet, wird das Sofa gründlichst abgesaugt und gebürstet, damit der „Besitzer" nicht mit Hundehaaren paniert wird. Kommt der Besuch unangemeldet, setze ich mich kurzerhand dorthin, bei mir kommt es auf ein Hundehaar mehr oder weniger auch nicht mehr an. Man muß sich nur zu helfen wissen.

So nach und nach schaffte Bo sich seine Freiräume und gestaltete sein Leben in der Form wie er es kannte oder wovon er schon immer geträumt hatte. Warum sollten wir ihm seine kleinen Wünsche nicht erfüllen, wenn es keinen logischen Grund gab, sie zu verweigern? Das wäre Prinzipienreiterei gewesen. Und ich muß zugeben, je besser man sich verstand, desto mehr hatte man auch den Wunsch, daß dieser kleine Freund, den man sich da ins Haus geholt hatte, die beste Behandlung bekam.

Doch man muß natürlich aufpassen! Wenn man den kleinen Finger reicht, wird schnell die ganze Hand genommen! Ein Hund hat es halt gerne gemütlich und wenn man keine Grenzen setzt, liegt man irgendwann auf dem Bettvorleger und träumt von dem weichen Bett, in welchem sich der Hund gerade genüßlich aalt.

Also: das Schlafzimmer war tabu!

Absolut!

Das Sofa war ja wirklich eine Luxus-Schlafstätte, da brauchte es nicht noch bessere Orte. An dieses Tabu hielt sich Bo auch. Keinen Schritt setzte er ins Schlafzimmer, blieb immer auf der Schwelle stehen, auch wenn die Tür offen stand.

So ein braver Hund!

Was waren wir stolz.

9. Kapitel

Es war nun auch an der Zeit, unseren Hausgenossen steuerlich erfassen zu lassen, denn waren ja brave Bürger. Zu diesem Zwecke marschierten Bo und ich zumalsbald zum Gemeindebüro. Dort erhielten wir die wichtige Steuermarke, die den Hundhalter als braven Steuerzahler ausweist. Vorher mußte ich jedoch ein Formular ausfüllen, auf dem Alter, Rasse und Name vermerkt wurden.

Rasse war gut! Sicher war unser Hund von Rasse, aber bloß welcher? Mischling ist doch sehr oberflächlich, das kann ein Chihuahua-Yorkshiremix genauso sein wie ein Irischer Wolfshund gekreuzt mit Bernhardiner. Also schrieb ich: Schnauzer-Terrier-Schäferhundmischling. Ob ich Bo damit gerecht wurde, weiß ich bis heute noch immer nicht, denn wenn man hört, was fremde Leute so alles in ihm entdecken, hat da die komplette Hundepopulation des Dorfes bei seiner Entstehung mitgemischt. Mein letzter Tip ging in Richtung Nordischer Hund mit Terrier, passend auch zu seinem skandinavischen Namen, den er sicherlich mit Bedacht bekommen hatte. Aber wahrscheinlich wollten die Beamten das alles gar nicht so genau wissen, denn ein Hund kostet in jeder Größe gleich viel Steuern.

Viele Zeitgenossen meinen, die Hundesteuer wäre ein Ausgleich für die Beseitigung der Hundehaufen auf öffentlichen Wegen.

– Weit gefehlt! Es ist eine Luxus-Steuer! Ein Hund ist steuerlich ein Luxusgegenstand und daher ist der zweite Hund auch noch teurer als der erste. Und um die Hinterlassenschaften muß man sich als Hundehalter selber kümmern, am besten mit Schäufelchen und Tüte…

Bo sucht sich für solche Geschäfte, wenn vorhanden, ein dichtes Gebüsch, eine Hecke oder in der freien Natur eine hochgewachsene Pflanze, die er dann anknödelt, damit sein Häufchen nicht so auffällt. Es gibt aber Situationen, da muß der Haufen strategisch günstig plaziert wer-

den, damit alle Rivalen wissen, wer hier glaubt, King im Revier zu sein. Dazu sucht er sich Orte, die seine Duftmarken etwas erhöht präsentieren, z. B. Maulwurfshügel oder Erdhaufen jeglicher Herkunft. Der Wind würde dann dafür sorgen, daß jedem Vierbeiner dieser vielsagende Duft in die Nase steigt. Zweibeiner mit empfindlichen Nasen haben allerdings auch etwas davon.

Bo achtete jedoch sehr darauf, nicht auf Gehwege zu machen. Das sei hier mit allem Nachdruck gesagt. Er selber schaute allerdings auch sorgsam, nicht in die Hinterlassenschaften seiner Kollegen zu treten. Notfalls wich er mit einem Hüpfer aus, was an gut verminten Grünstreifen schon recht komisch aussehen konnte.

Ein Wort noch zu den Hundesteuern. Wenn schon nicht für die Straßenreinigung, dann sollte sie ruhig für die Schaffung von kleineren Grünflächen als Hundeklos verwandt werden. Genau so, wie beim Bau von Wohnanlagen Kinderspielplätze vernachlässigt werden, wird auch vergessen, wie viele Menschen einen Hund halten und daß dieser leider nicht das Wasserklo von Herrchen und Frauchen benutzen kann. Wie viel nimmt die Stadt im Jahr wohl ein an Hundesteuern? Pro Hundenase bei uns über 200 DM, da kommt schon einiges zusammen. Wenn man einen Teil davon nehmen würde und einige Fleckchen nicht in öffentliches Park-Grün oder Beton-Grau verwandelt, sondern in kleine, naturbelassene Grünflächen für Hunde, wäre ihnen schon geholfen und es gäbe nicht so viele Tretminen auf den Fußwegen, die doch nur ein Beleg dafür sind, daß es wieder einer der vierbeinigen Mitbürger nicht geschafft hat, das rettende Grün zu erreichen.

Der Gerechtigkeit halber müßte es dann auch Steuern auf Katzen und Pferde geben, denn wie viele Katzen benützen Kinderspielplätze als Katzenklos? Wer sich die Gehwege in unseren Ort anschaut, wird oft riesige Haufen mit Pferdeäpfeln darauf finden. Ein Hundehaufen hat mikroskopische Ausmaße dagegen...

Nun könnte man meinen, die Hunde könnten doch eigentlich auch in den eigenen Garten machen, dann gäbe es dieses Problem nicht. Das wäre gut und schön, ich selber würde Bo liebend gerne eine Ecke dafür einräumen, aber er und viele seiner Artgenossen halten es da mit der Reinlichkeit und benutzen niemals das eigene Grundstück für solch anrüchige Geschäfte. Bisher passierte es nur einmal, daß uns Bo nachts weckte und in den Garten wollte. Ein echter Notfall also, der eigentlich nicht zählt! Aber sonst gilt für viele Hunde die Parole: Knödeln so weit wie möglich vom Haus entfernt. Sicher gibt es auch Hunde, die vielleicht nicht so viel Auslauf haben wie unser Luxus-Hund und daher in ihrer Not den Garten benutzen müssen. Wenn sie jedoch die Wahl hätten, würden sie gewiß eine bessere Lösung finden.

Jetzt aber wieder zurück zu unserer Geschichte, verlassen wir diese anrüchigen Hinterlassenschaften.

Bo war jetzt also steuerrechtlich mein Hund. Die blitzende Blechmarke sollte zusammen mit der Impfmarke an seinem Halsband befestigt werden und er wäre damit wieder ein gesellschaftsfähiger Hund. Das alte Halsband sah arg strapaziert aus, so gab es zu diesem Anlaß gleich noch ein neues, dazu noch eine Metallkapsel mit einem Adressenabschnitt, falls er mal „auf Reisen" ginge und nicht mehr zurückfände.

Ich hatte das Gefühl, Bo war richtig stolz, als es bei ihm beim Laufen wieder so schön klapperte und klingelte wie bei allen anderen Hunden. Vorher hatte er ja nur Halsband pur getragen, ein Zeichen seines niederen Status.

Nun dokumentierte der klimpernde Schmuck daran, daß er wieder ein Zuhause hatte.

Unsere direkten Nachbarn waren inzwischen auch wieder aus ihrem Urlaub zurückgekehrt. An ihrem ersten Tag in heimischen Gefilden überkam sie gleich der große Schreck:

Sie betraten ihren Garten und es bellte sie plötzlich und aus heiterem Himmel jemand von rechts an! Unser Hund tat inzwischen seine Pflicht! Bisher war es im Nachbargarten immer ruhig gewesen, also mußte er die Veränderung dieses Zustandes bekanntgeben. Unsere Nachbarn erstarrten, schauten dann suchend in unseren Garten. Dort sahen sie Bo mit uns gemeinsam in Garten Siesta halten.

»Hallo, habt ihr einen Hund in Pflege?«
»Nein, das ist jetzt unser. Wir haben ihn aus dem Tierheim geholt. Er ist nicht mehr ganz jung und sehr lieb und ruhig. Ihr habt doch nichts dagegen?«
Der skeptische Blick sprach Bände!
Ein Hund! Sicher würde er die ganze Nachbarschaft zusammenbellen und überall hinscheißen.
Aber bisher hatten wir eine sehr gute nachbarschaftliche Kontakte gepflegt, trotz merklicher Unterschiede in Alter und Lebensauffassung, daher wollten sie sicher nicht gleich am Anfang meckern. Und vielleicht würde es ja doch nicht so unruhig werden mit dem alten Hund...
Es wurde wirklich nicht so schlimm wie es hätte werden können. Bo verhielt sich recht ordentlich und bekam bald heraus, daß er die Leute hinter dem Zaun nicht auszuknurren brauchte, da sie dort wohnen. Nur beim Besuch der Enkelkinder bekam er regelmäßig dann Wutanfälle, wenn diese Kinder beim Spielen von den Großel-

tern durch die Luft gewirbelt wurden. Vielleicht hätte er gerne mitgespielt, oder er machte sich Sorgen um die Gesundheit der Kleinen. Auf jeden Fall ließ er sich aber gerne von Nachbars Enkelkindern streicheln und hielt still, auch wenn kleine Kinderhände etwas unsanft an ihm zupften.

Die Häuser sind gut isoliert, so daß sein Gebell nicht in voller Lautstärke den Mittagsschlaf der Nachbarn stören kann, solange er die Freundlichkeit hat, drinnen zu bellen…

Verschärft wurde die Situation allerdings im Jahr darauf, als auf der linken Seite unserer Nachbarn Max Einzug hielt. Er ist ein wunderschöner Labrador-Retriever und wuchs bald einem stattlichen Körperformat entgegen. Auch er zog während des Urlaubs unserer Nachbarn ein. Ob sie im nächsten Jahr noch in den Urlaub fahren, sei hiermit in Frage gestellt. Vielleicht aber schaffen auch sie sich selber einen Vierbeiner an, der den Garten so schön umbuddelt wie unser Bo, wenn er Schweineohren vergräbt oder eingegrabene wiederzufinden hofft.

Unsere armen Nachbarn sind nun von Hunden eingerahmt. Max ist zwar noch nicht ausgewachsen, aber es ist erkennbar, daß er, wenn er wollte, auch in den Nachbargarten kommt. Einmal hatte er sich unter dem Maschendraht hindurchgezwängt. Dieser Weg ist inzwischen abgedichtet und er ein ganzes Stück gewachsen. Aber er wächst ja noch weiter und es ist abzusehen, wann er den kleinen Zaun lässig übersteigt, um dann in unseren Garten zu gelangen um Bo zu begrüßen.

Der hatte Max am Anfang sehr freundlich aufgenommen, ihn sogar von seinem Schweineohr abgegeben, was man getrost als kleines Wunder betrachten darf. Inzwischen ist Max jedoch schon größer als Bo und ziemlich wild und ungestüm. Bo hatte sich am Anfang so gut wie alles von ihm gefallen lassen, nun erzog er den Wildfang mit Knurren, Bellen und angedeuteten Bissen. Am liebsten ging er ihm aber nach der Begrüßung aus dem Weg. Noch war er der Oberhund in dieser Häuserreihe. Bald jedoch würde Max ihm diesen Platz streitig machen wollen...

Die Zukunft wird in dieser Hinsicht sicher recht interessant werden. Hoffentlich bleiben die beiden auch weiterhin so freundlich im Umgang miteinander, auch wenn Max erwachsen wird.

An Max können wir nun auch hautnah beobachten, wie das Leben mit einem Welpen ist. Es ist schön, so ein kleines Wesen aufwachsen zu sehen, aber auch sehr anstrengend. Diese Phase geht jedoch schnell vorbei und dann beginnt der Spaß! Vielleicht trauen wir uns später ja auch mal an einen Welpen heran?

10. Kapitel

Je länger Bo bei uns lebte, desto weniger konnten wir uns vorstellen, jemals ohne einen Hund gelebt zu haben. Es machte einfach Freude, ihn zu beobachten, zu spüren, wie er auf uns reagierte und trotz aller Anpassung und Gehorsam ein ganz eigenes Lebewesen war, das sich zu verwirklichen suchte.

Das mußten wir massiv erfahren, als es herbstlicher wurde. Bo fing auf seinen Gassitouren plötzlich an, manche Stellen gründlich abzuschnüffeln, gerade so, als ob er davon eine genaue chemische Analyse erstellen wollte. Da wurde geschnuppert, geleckt, eine Nase voll von einer vergleichbaren Nachbarstelle genommen, nochmals geschnüffelt, dann rechts und links daneben erneut, eventuell die Erde mit der Pfote eine Kleinigkeit zur Seite geschoben, um besser an den Duft heranzukommen, dann zwei Tröpfchen dazugepieselt. Wenn man ihn gelassen hätte, hätte er noch stundenlang an dieser Stelle gestanden.

Was sollte das denn??

Bisher hatte er zwar die Ecken und Pfähle abgeschnüffelt um anschließend seine Anwesenheit mit einigen Tröpfchen zu quittieren, so wie es sich gehört. Aber das ging eher im Vorübergehen, ohne sein Tempo dabei zu drosseln. Das hielt nicht nur ihn fit, sondern auch uns. Unsere Kondition steigerte sich seit seiner Ankunft, so daß

wir die zwei Stunden, die er als Ausgang haben wollte, nun ohne Schwierigkeiten durchhielten.

Und nun trödelte dieser Hund nur so herum! Wenn man dem Schnüffeln nicht irgendwann ein Ende setzte, indem man ihn regelwidrig an der Leine weiterzog, konnte man getrost Wurzeln schlagen.

Waren wir dann glücklich wieder zu Hause, dauerte es nicht lange und unser Kamerad hatte abermals das Bedürfnis auf ein Gassi und brachte dies recht lautstark zum Ausdruck. Oder er lag auf seinem Sofa und starrte mit glasigen Augen seufzend vor sich hin.

Als er dann eines Tages seine Decke von Sofa zerrte und sie zu einem netten Häufchen zusammenschob und sich regelrecht daran verging, wußten wir Bescheid.
Es gab eine läufige Hündin im Revier!
Was hieß eine?
Es gab ja viele Hunde hier bei uns, davon waren die allermeisten weiblichen Geschlechts, wie wir bereits wußten. Nur hatten wir uns noch nichts dabei gedacht.
Wir Ahnungslosen!
Hätten wir das doch bloß vorher geahnt, wie es ist, wenn ein Hundemann im Herbst Frühlingsgefühle hat. Dann hätten wir all die netten Hundedamen mit viel düsteren Gedanken bedacht.
Denn all jene, die man noch nicht chirurgisch auf neutral operiert hatte, dufteten ja zweimal im Jahr recht aufreizend für Rüdennasen vor sich hin. Und das meist im Frühjahr und im Herbst. Leider nicht alle auf einmal, nein, womöglich nacheinander jede hübsch einzeln für sich über einige Wochen verteilt!
Unser Hund erweiterte seine Diät. Liebe schlägt ja bei vielen auf den Magen. Er war unruhig, wollte ständig hinaus und nervte mich vor allem tagsüber beim Arbeiten ziemlich. Denn ich konnte leider auch nicht immer so, wie dieser verwirrte Hundemann wollte. Abends lag er im Flur und heulte wie ein Wolf. Je länger dieser Zustand anhielt, desto verzweifelter wurden wir. Am liebsten hätte ich ihm ja Baldriantropfen zur Beruhigung gegeben, wenn ich nur gewußt hätte, ob es ihm hilft.
Sepp bekam von einem hundeerfahrenen Kollegen dann den Tip, Bo ordentlich zu bewegen, dann würde er schon ruhiger.

Zu diesem Zwecke fingen wir dann auch endlich mit dem ärztlich verordneten Fahrradtraining an. Bo bekam ziemlich schnell den Bogen raus, obwohl wir das Gefühl hatten, daß er diesen Sport noch nicht betrieben hatte. Nachdem es einige beinahe Stürze gab, da er unbedingt vor dem Rad von rechts nach links laufen wollte, klappte es recht ordentlich. Er bekam sogar Geschmack an einem ordentlichen Spurt, bei dem er teilweise bis zu 25 km/h vorlegte (als er vor sich ein Kaninchen laufen sah).

Nach dem ersten Mal hatte er bestimmt ein wenig Muskelkater (er kam beim Aufstehen schlechter hoch und war etwas langsamer in seinen Bewegungen, ließ sich aber sonst möglichst nichts anmerken), aber beim Anblick der Fahrräder bekam er seitdem immer gleich strahlende Augen und bellte uns freudig an, damit es schnell losgeht. Dann wetzte er los, daß seine Ohren nur so im Winde flatterten. Machten wir unterwegs eine Pause, damit er sich nicht zu sehr verausgaben würde, meckerte er bald, es solle bitteschön sofort weitergehen!

Am allerschönsten fand er im Sommer allerdings eine Kombination von baden und fahrradlaufen, da erfrischt ihn das kühle, nasse Fell und er braucht nicht so sehr zu hecheln. Hunde können ja nicht schwitzen, sie müssen eine erhöhte Körpertemperatur durch vermehrtes Hecheln ausgleichen. Schweißdrüsen befinden sich nur unter den Pfoten, unter denen sich nach sportlichen Leistungen auf einer kühlen Fläche dann auch schon mal deutlich sichtbare Fußtapsen bilden. „Quellwasserfüße" pflegte mein Vater diesen Zustand beim Menschen zu bezeichnen…

Durch diese vermehrten sportlichen Tätigkeiten und einige Extra-Gassis, die er zum besonders intensiven Schnüffeln benutzte, überstanden wir auch diese Zeit.

Aber ich weiß nun, welche Vorteile eine Hundedame bietet: Sie schnüffelt nicht stundenlang herum, wird nicht dumm im Kopf und rennt womöglich vor ein Auto, nur weil auf der anderen Straßenseite die Dame des Herzens vorbeimarschiert und vergißt folglich auch nicht jegliche Erziehung.

Hundedamen läßt das alles eher kalt. Im günstigsten Fall begrüßen sie alte Hundekumpels, spielen ein wenig und das war es dann auch schon. Außerhalb der Hitze sind sie an Rüden nicht sonderlich interessiert und knurren diese weg, sobald die aufdringlichen Kerle an den intimeren Stellen zu schnuppern anfangen. Nur im entscheidenden Augenblick werden sie vertrauensvoll. Dann

muß der Halter allerdings höllisch aufpassen, sonst steht bald der Klapperstorch vor der Hundehütte. Oder ist der nur bei Zweibeinern zuständig?

Ja, so hatte ich mir das Liebesleben der Hunde nicht vorgestellt, genaugenommen hatte ich vorher eigentlich gar keine Vorstellungen davon gehabt.

Anscheinend besteht es aus einer Reihe von Frustrationen. Immer diesen Geruch in der Nase, der einen Hundemann ganz bussig macht und dann der Dame des Herzens doch keine Aufwartung machen zu dürfen! Ein Leben ist das! Aber Hunde dürfen nun mal nicht als erwachsene Lebewesen ihre Triebe ausleben.

Wer wollte auch all die vielen Hunde versorgen, die in stürmischer Liebe empfangen würden? Das Problem stellt sich ja schon bei den vielen unkastriert frei herumlaufenden Katzen. Bei Hunden, die könnten, wie sie wollten, wäre es sicher ebenso. Zudem wollen viele Hundehalter auch nicht gerne wahrhaben, daß ihr kleiner Liebling halt kein kleines Kind ist, sondern ein auch sexuell erwachsenes Lebewesen.

Der Vorfahre des heutigen Hundes, der Wolf, hatte sich den Menschen vor vielen tausend Jahren angeschlossen um mit ihm zu leben. Wovon zu dieser Zeit beide Seiten profitierten, denn der Hund bewachte Hab und Gut und seinen Menschen, dieser gab ihm dafür Kost und Logis und ließ ihn seine Freiheiten. Ein fairer Handel.

Heute haben die meisten Hunde keine Job mehr und dienen nur noch der Belustigung des Menschen, was an sich auch ein schwerer Job sein kann.

Heute leiden viele Hunde jedoch unter ihrer Untätigkeit. Die meiste Zeit des Tages verbringt ein durchschnittlicher Hund mit Warten: aufs Gassi, auf Besuch oder etwas zum Verbellen, aufs Fressen und dann wieder auf ein Gassi. Wer will es den guten Tieren verübeln, daß sie in Zeiten, in denen die Hormone verrückt spielen, ihren Menschen das Leben schwer machen. Man muß mit ein wenig Toleranz und einer guten Portion dicker Nerven hindurch. Wenigstens das sind wir den besten Freunden der Menschen schuldig.

Oder man muß die radikale Methode wählen und eine Kastration durchführen lassen. Dann ist Ruhe. Ein für alle Mal. Angeblich stört es die Tiere weniger als wir uns das vorstellen und gesundheitlich sei es den Tieren auch zuträglich, so sagt man.

Aber unserem alten Hundemann wollten wir so etwas nun doch nicht mehr zumuten, nur weil es uns ein wenig nervt, wenn er neben sich steht. Auch diese schwere Zeit geht vorbei und dann ist er wieder ein lieber, folgsamer Hund. Bei einem Welpen würde ich allerdings ins Grübeln kommen, ob so eine Operation nicht doch Vorteile auch für den Hund mit sich bringt.

Trotz dieser aufregenden Wochen wurde das Zusammenleben immer mehr zum Alltag. Jeder von uns wußte nun in etwa, was er von seinem Gegenüber zu halten hatte. Wir konnten uns inzwischen sogar recht gut verständigen. Bo verstand uns allerdings besser als wir ihn, vielleicht beherrschte er auch die Technik des Gedankenlesens?

Auf jeden Fall hatte man oft das Gefühl, er verstand, was wir so besprachen und setzt es dann um. Eine leise geführte Diskussion darüber, ob man nun noch einen Spaziergang machen sollte oder nicht, ohne daß man Reizwörter wie „Gassi" oder auch nur „gehen" benutzt hatte, verkürzte er, indem er freudig bellend auf die Tür losrannte, so eilig, daß man das Gefühl hat, sein kräftiges Hinterteil würde fast das propere Vorderteil überholen. Da hilft kein beruhigendes:

»Nein, Bobo, das hast du falsch verstanden«, er wußte schon, was er gehört hatte!

Übrigens hatten wir es uns schnell angewöhnt, ihn auch mal Bobo zu nennen, denn sein Name ist so kurz, daß man für eine der Situation angepaßte Aussprache (z. B. liebevoll, ärgerlich oder drohend) zu wenig Buchstaben zum differenzierten Betonen hat. Bobo war eher liebevoll gemeint und eignete sich beim Kraulen und Spielen, ein kurzes Bo war beim Rufen nach dem sich festschnuffelnden Hund angebracht. Ansonsten nannten wir ihn auch Schnuffi, Dickerchen, Schnuffelnase und ähnlich, aber er nahm uns das nicht sichtbar übel. Wer weiß, wie er uns so bei sich nannte?

Auch hatte er bald ein großes Repertoir an Vokabeln gelernt, die bei ihm die entsprechenden Reaktionen auslösten. Bei dem Wort „Einkaufen" verzog er sich auf der Stelle auf sein Sofa und schaute uns todtraurig an, der einsamste und verlassendste Hund der Welt.

„Kekse" oder „Kekschen" ließ ihn beim Gassigehen freiwillig herankommen, eilig wetzte er heran, dabei schleckte die Zunge rund ums Maul in Erwartung der nun kommenden Genüsse.

„Schappi" ist der Begriff, den er wohl noch von seinem alten Herrchen mitbrachte und als Synonym für seine Mahlzeit ansah. Das hatten wir schon ganz am Anfang herausgefunden, indem wir ihn mit den verschiedensten Begriffen wie z. B. „Freßchen" zu locken versuchten.

„Schappi" hatte die beste Reaktion hervorgerufen, also behielten wir diesen Begriff bei. Das ähnlich klingende Futter hingegen lehnte er als völlig ungenießbar ab.

Je länger wir zusammenlebten, um so mehr Begriffe sind es, die er verstand. Schon aus einer Kombination von Tageszeit und Aktion kombinierte er messerscharf, was ein bestimmtes Wort oder Geräusch wohl bedeutet.

Um die Mittagszeit herum mußte ich, wenn ich aus welchen Gründen auch immer aus dem Computer-Betriebssystem herausging (z. B. Absturz!) und mein Monitor dunkel wurde, damit rechnen, daß Bo mit seinem Freudentanz begann und in Hut und Mantel hinter mir stand, um sein Gassi einzufordern. Immerhin wäre ich ja fertig mit der Arbeit, er hätte das ganz deutlich gehört. Das leise Klacken vom Monitor wenn dieser dunkel wird, klang ihm scheinbar wie laute Musik in den Ohren.

Das Auto meines Mannes hörte er natürlich auch und meldete dieses mit einem freudigem Gebell. Etwas problematisch wurde es, seit ein Nachbarssohn ein Auto gleichem Models fährt und zu allen möglichen und unmöglichen Tageszeiten heim kommt. Wartet Bo zu diesem Zeitpunkt schon wieder ganz intensiv auf die Heimkehr seines Herrchens, ist er ziemlich irritiert.

Wir wiederum konnten die verschiedenen Winsel-, Jaul- und Bellaute inzwischen gut unterscheiden und deuten:

Nach einem guten Fressen beliebte der Hundemann einen Gang in den Garten zu tätigen. Dazu baute er sich vor der Terrassentür auf.

»Wuff«, ganz kurz und knapp bedeutete: „Macht mal auf, ich will da raus". Das gleiche »Wuff« vor der Tür von außen ist dann die Bitte, ihn wieder hineinzulassen.

War das Fressen lecker (vielleicht mit Brathühnchen angereichert), so wischte er seinen Bart an allen ihm erreichbaren Gegenständen. Dabei bevorzugte er Sessellehnen oder auch mal den Teppich, damit er überall Geruchsspuren seines Festmahls als Erinnerung behielt. Es hat nichts damit zu tun, das er sich den Bart eingesabbert hätte. Oh nein! Der war sauber.

Ein echtes Lob für meine Kochkünste erhielt ich, wenn er sich vor mir aufbaute und sich ständig genüßlich das

Maul leckte. „Das war ganz lecker, Frauchen. Morgen wieder so etwas Feines, ja?"

Bettelte er um ein Gassi, obwohl wir noch nicht so weit waren, zog er die Masche „Ich armer kleiner Hund muß ja so leiden, gleich platzt mir die Blase" ab, die mit viel Gefiepe und Gewimmer einherging.

Mit »Wau, wau, wau« wurden vorbeigehende Passanten von ihm vor dem bösen Hund gewarnt, den Briefträger meldete er in einer anderen Tonlage, so daß ich gleich Bescheid wußte.

Zum Schmusen kam er und rieb seine Kopf am Bein, ganz große Liebe und Zuneigung bekundete er mit einem feuchten Schlecker, den er aber in den meisten Fällen nur als Andeutung in die Luft plazierte. Er hat wohl beim Vorbesitzer gelernt, seine geliebten Menschen nicht richtig abzuschlecken.

Was ja auch viel hygienischer ist...

Wer immer die Zeit hat, einen Hund länger zu beobachten, kann eine Menge Hundesprache lernen. Am Anfang half uns allerdings ein gutes Buch, in dem mit sehr vielen tollen Fotos die Körpersprache der Hunde dargestellt war.

Wir lernten alsbald, darauf zu achten, einen Hund nicht zu vermenschlichen. Ein Hund ist und bleibt ein gezähmtes Raubtier und daher sollte man auch die Hundeetikette einhalten und einige Eigenarten respektieren.

Wer seinen kleinen Liebling zum Schutz vor den anderen Hunden auf den Arm nimmt, gibt ihn der Lächerlichkeit unter Hunden preis. Er wird von allen anderen Hunden verachtet werden. Ein Hund muß selbstbewußt sein, auch wenn er noch so klein ist. Gerade die Kleinen können den Großen überlegen sein, wenn man sie nur läßt. Alles nur eine Frage des Selbstvertrauens. Auf dem Arm von Herrchen oder Frauchen kann sich das allerdings nicht so recht entwickeln.

Wer seinen Hund niemals mit anderen Hunden spielen läßt, riskiert schwere Neurosen. Wer lebt schon gerne in Einzelhaft?

Einen Hund mit Strenge zu erziehen, hat sich oft als recht gefährlich herausgestellt, denn irgendwann platzt auch dem gutmütigsten Vertreter seiner Gattung mal der Kragen und das Raubtier kommt zum Vorschein. Dann stehen die Menschen fassungslos vor der „Bestie" Hund und machen ihn für sein Fehlverhalten verantwortlich, anstatt über das eigene Verhalten auch nur einen Gedanken zu verschwenden.

Mit Liebe und Einfühlungsvermögen läuft es besser und für alle Beteiligten auch harmonischer. Ein Hund lernt gerne etwas dazu, wenn er eine echte Motivation erhält. Eine kleine Belohnung oder auch nur ein Lob wirken doch viel besser als Schläge und Schimpfe.

11. Kapitel

Ein feuchter Sommer ging in einen nassen Herbst über und stellte unsere neue Freundschaft zu Bo auf eine weitere Probe. Bei solch einem Sauwetter jagt einen nur der Hund vor die Tür, von alleine käme man nie auf den Gedanken, bei strömendem Regen spazieren zu gehen!

Wir hatten noch einige Tage Urlaub eingeplant und wollten mit Bo richtig viel unternehmen. Aber wie es halt so ist, wenn wir Urlaub haben und uns viel vornehmen: Erst wurde ich krank, dann unser Bo.

Die erste Woche nutzten wir noch, um in meinem Arbeitszimmer einen neuen Fußbodenbelag zu verlegen, einen den man fegen und wischen kann (sehr Hundedreck freundlich, jedoch für Bos Pfoten zu unserem Entsetzen scheinbar viel zu glatt). Dabei entwickelte ich eine richtig handfeste Erkältung. Die Abhärtung durch die viele frische Luft hatte bei mir scheinbar noch nicht richtig funktioniert.

Anschließend konnten wir noch einen schönen Tag in der Heide erleben. Dann trat Bo in eine der vielen Glasscherben, die am Wegesrand auf unbeschuhte Hundepfoten lauern und aus war es mit dem Traum von großen Wanderungen oder Radtouren.

Natürlich passierte das Unglück an einem Samstag, wir mußten als Notfall unseren Tierarzt mal wieder am Wochenende stören. Im Sommer war dies bereits einmal der

Fall gewesen, als Bo ein Steinchen im Auge hatte und wir uns nicht zu helfen wußten.

Nun saß der arme Kerl mit blutender Pfote, vor Schmerzen heftig die Maulwinkel leckend, im Auto. Da wir nicht erkennen konnten, ob noch Glas in der Wunde war, hielten wir es für sicherer, er würde fachmännisch untersucht und versorgt werden. Der Tierarzt reinigte die Wunde und versah sie mit einem dicken Pflasterverband, den wir jeden Tag erneuern sollten. Er erhielten eine Salbe zur Wundversorgung und konnten unseren verletzten Freund wieder mit nach Hause nehmen.

Die rechte Vorderpfote erhoben, humpelte er tapfer zum Auto. Die nächsten Gassis fielen äußerst kurz aus. Am liebsten hätte er ständig an der schmerzenden Pfote geleckt, damit sie schnell wieder heilten würde, doch dies verhinderte der Verband.

Zwei lange Wochen brauchte die Pfote, bis Bo sie wieder richtig benutzen konnte. Der Glassplitter war tief eingedrungen und hatte die nur langsam heilende Hornhaut zerschnitten.

Durch das ständig nasse Wetter bekamen wir Probleme mit dem Verband, der sofort durchfeuchtet war, sobald wir mit Bo auch nur eine kleine Runde drehten. Er belastete die Pfote nun wieder, der Verband sollte die frisch verheilte Wunde aber noch vor Verschmutzungen schützen. Dreckwasser war wirklich nicht ideal um die Heilung zu unterstützen. Wir zogen ihm daher kleine Plastikbeutel darüber, die allerdings sehr schnell durchgescheuert waren.

Dann entdeckte ich in Bos Lieblingsladen einen kleinen Schuh für Hunde in eben dieser mißlichen Lage. Er kostete zwar ein kleines Vermögen, aber das war uns ganz egal! Bo ließ sich das Wunderwerk auch willig anziehen, um dann mit einem schlappenden Geräusch sein Gassi zu absolvieren.

»Schau mal, Mutti, der Hund hat ein kleines Schuhchen an, ist das aber niedlich.«

»Ach je, der arme Kerl. Er hat sicher eine schlimme Pfote.«

Das bekamen wir öfters zu hören. Bo schien den Schuh sehr bald als nützlich zu akzeptieren. Aber es kam der Tag, an dem er ihn nicht mehr brauchte. Wir konnten aufatmen. Endlich war er wieder gesund!

Und unser Urlaub vorbei. Wir wollten doch so viel unternehmen...

Zum Tierarzt mußten wir in der Folgezeit noch mehrmals, denn Bo entwickelte schon seit einiger Zeit kleine Analtumore, die immer, wenn er sich auf seinen Pöter setzte, aufgingen und zu bluten anfingen. Er bekam Spritzen und eine Salbe, die wir auf die lädierten Stellen schmieren konnten, aber nichts half wirklich.

Andere Hunde waren durch Bos duftendes Hinterteil reichlich irritiert, denn ein Hund, der dort hinten nach Blümchen riecht, ist in Hunde-Kreisen sicher selten. Erst als ich ein Experiment mit einem homöopathischen Mittel machte (auf Veranlassung meiner Freundin, die als Heilpraktikerin einige Erfahrung mit Außenseitermedizin hat), besserte sich der Zustand so sehr, daß er heute nur noch äußerst selten eine kleine blutende Stelle hatte. Tumore waren aber nach einiger Zeit nicht mehr zu sehen.

Dann humpelte er plötzlich ganz heftig und lief nur noch auf drei Beinen, ohne das eine Verletzung sichtbar gewesen wäre. Er leckte sich auch nicht, was ja auf eine Verletzung hingewiesen hätte. Also wieder auf zum Tierarzt. Es bestand der Verdacht auf einen Kreuzbandriß — eine wirklich unschöne Geschichte, die hätte operiert werden müssen. Vorerst bekam er zwei Spritzen, humpelte noch zwei weitere Tage und lief dann wieder, als ob nie etwas gewesen wäre. Wie gut! Das hätte schlimm ausgehen können.

So wurden wir im ersten Jahr beinahe Stammkunden beim Tierarzt, der Bo schon bald erkannte, ohne in die Karteikarte zu schauen. Aber wir hatten uns vorher auch geschworen, daß wir dem älteren Hund jede mögliche medizinische Betreuung angedeihen lassen wollten, damit er lange fit und munter bleibt oder sich nicht quälen muß. Das Geld, welches wir für einen Rassehund mit Stammbaum ausgegeben hätten, konnten wir doch auch im Bedarfsfall für die Rechnungen vom Veterinär verwenden.

Die Folge der vielen Arztbesuche war, daß Bo nach kurzer Zeit dort nicht mehr ins Behandlungszimmer zu kriegen ist. Seine letzte Impfung vor ein paar Monaten bekam er auf dem Flur, weiter konnten wir ihn mit vereinten Kräften nicht locken.

Aber warum sollte ein Hund nicht auch Angst vorm Arzt haben. Wenn ich da an so manchen starken Mann denke, der vorm Zahnarzt kneift...?

Wir lernten auch, daß man Vorurteilen keinen Glauben schenken soll. Immer wieder hört man von den Problemen, die Briefträger und Hunde miteinander haben.
Da unser Briefkasten im Haus eingebaut und vom Vorgarten ohne größere Wege über das Grundstück zugänglich ist, gab es hier keinerlei Schwierigkeiten. Bo meldete den Briefträgern wie schon beschrieben und damit hatte es sich.

Aber für Pakete und größere Sendungen mußte ich die Tür öffnen und diese entgegennehmen. Schon ganz am Anfang hatte Bo den Boten eines privaten Paketdienstes durch sein Bellen hinter der Tür sehr verängstigt. Der Bote hatte nur auf mein Öffnen gewartet und sich sofort bis auf einen Sicherheitsabstand von einigen Metern von der Tür entfernt. Er hatte offensichtlich große Angst vor Hunden, die bei einen solchen Job ganz bestimmt nicht einfach zu bewältigen ist.

Ich hatte Bo am Halsband festgehalten, damit er den Mann nicht auf seine doch wirklich freundliche Art und Weise abschnüffeln und begrüßen würde. Jetzt zog und wand er sich unter meinem festen Griff und knurrte ein wenig aus Ärger über diese Freiheitsberaubung. Auf den armen verängstigten Mann mußte dies natürlich ganz gefährlich wirken.

Genau das Gegenteil erlebten wir mit unserem Paketboten der Post. Der junge Mann gehörte zu den wenigen Menschen, die scheinbar immer fröhlich durch das Leben gehen. Immer war er freundlich, hatte ein nettes Lachen und brachte so mit den Paketen und Päckchen, über die man sich meist sowieso schon freut, noch etwas Sonnenschein in den Tag.

Als Bo das erste Mal mit an der Tür stand, machte der junge Mann große Augen. Vorsichtig fragte ich ihn, ob er Angst haben würde.

»Aber nein, überhaupt nicht. Ich liebe Hunde sehr. Meine Eltern haben auch einen Schäferhund.«

Und dann erzählte er mir von der Hündin seiner Eltern. Dabei streichelte er Bo, der sich das genüßlich gefallen ließ. Nach einer Weile schnüffelte unser hungriger Hund (er wurde ja immer noch mit seiner Futterration recht knapp gehalten) intensiv an seiner Hosentasche.

»Na, möchtest du einen Hundekeks?«

Was für eine Frage! Klar wollte Bo einen Hundekeks. Und als ich dann die Erlaubnis gab, schmauste unser Vierbeiner drauflos. Alle Kekse, die noch vorhanden waren, wanderten durch unseren Freund. Damit war eine große Freundschaft geschlossen. Der Paketbote erzählte mir, daß er immer einen Vorrat in seinem Wagen hätte, um sich mit den Hunden gut zu stellen. Er wäre auch noch nie gebissen worden. So mußte man das also anstellen, dann hatte man auch Freude an einem „gefährlichen" Job!

In der folgenden Zeit wartete Bo tagsüber auf das tuckernde Geräusch vom schon etwas altersschwachen Auspuff des Paketwagens, immer in der Hoffnung auf eine kleine Extraration Kekse und Streicheleinheiten. Sogar beim Gassi hielt er Ausschau nach dem gelben Auto. Natürlich winkte uns „unser" Paketbote auch immer ganz freundlich zu, wenn er uns sah. Bo hatte allerdings wohl eher Augen für die große Schachtel Hundekekse, die hinter der Windschutzscheibe zu sehen war.

Als nach einiger Zeit ein anderer Paketbote unser Revier übernahm, merkte man, daß Bo seinen Freund scheinbar vermißte. Der neue Bote war auch sehr freundlich und nett, aber er hatte nie einen Keks für Bo dabei. Und nur das zählt für ein echtes Schleckermaul! Oder sollte ich mich täuschen und eine Hundeliebe geht nicht nur durch den Magen?

12. Kapitel

Irgendwann im Herbst war es dann soweit. Bo hatte sich gut eingelebt, war inzwischen auch mit dem zufrieden, was ich ihm in seinen Napf tat (auch wenn er immer einen kleinen Rest übrig läßt, den Emmy, wenn sie ab und zu auf Besuch kam, mit Wonne verputzte) und lag zufrieden auf seinem Sofa. Allerdings hatte ich schon manchmal gesehen, wie er nachdenklich in Richtung Schlafzimmertür geschaut hatte, hinter der wir abends zum Schlafen verschwanden und die uns voneinander trennte. Stand die Tür offen, schaute er nun öfters neugierig hinein. Hineinzugehen war ihm ja strengstens untersagt. Und daran hielt er sich. Auch wenn die Tür nachts offenstand, blieb er brav im Wohnzimmer.

Bis zu dem Tag, an dem er abends kurz entschlossen seinen XXL-Knochen hervorsuchte, ihn ins Maul nahm, die angelehnte Tür aufstieß, drei Schritte ins Schlafzimmer machte und sich mit einem Seufzer auf Sepps Bettvorleger niederließ. Den Knochen deponierte er daneben.

Sepp und ich hatten die Aktion mit ungläubigen Staunen beobachtet. Wir sahen uns an und mußten grinsen. Wir hatten verstanden! Bo betrachtete sich nunmehr als vollwertiges Rudelmitglied und teilte uns mit, daß er ab sofort beim Rudel schlafen wollte. Er hatte uns als seine Leute akzeptiert und uns zu verstehen gegeben, daß er uns und nicht sein altes Herrchen an Nummer eins gesetzt hatte.

Und so ist es geblieben. Wenn ich ins Bett ging, legte sich Bo brav auf Sepps Bettvorleger, direkt gegenüber der Tür. Weiter traute er sich nicht hinein ins Schlafzimmer, das für ihn immer noch tabu zu sein schien.

Da lag er nun, sichtlich zufrieden mit sich und der Welt, schmatzte noch ein wenig vor sich hin um dann einzuschlafen. Im Laufe der Nacht wechselte er meist auf sein Sofa über, aber einschlafen wollte er seitdem immer bei uns.

Und mit dieser Geste Bos möchte ich diese Geschichte beschließen, denn damit war die Zeit des Kennen- und Liebenlernens endgültig abgeschlossen. Nun war Bo unser Hund und wir waren seine Leute, die er liebte und auch schrecklich vermißte, wenn auch nur einer außerhalb der normalen Zeit fehlte.

Auch ein älterer Hund kann sich also noch an neue Leute gewöhnen. Man muß ihm nur Zeit geben und nichts erzwingen wollen, denn jedes Ding braucht seine Zeit.

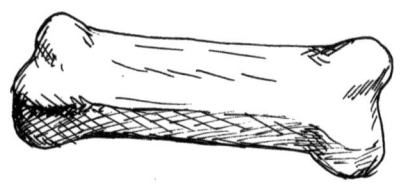

Nachwort

Nach mehr als einem Jahr mit unserem Bo kann ich sagen:
Unser Hund
- haart
- stinkt, vor allem wenn er sich in toten Fischen wälzt
- dreckt alles geputzte umgehend wieder ein
- furzt (leise, aber herzhaft)
- schmatzt und schnurchelt nachts beim Schlafen
- kostet viel Geld (Steuer, Versicherung, Futter, Leckereien, erhöhte Abnutzung von Möbeln und Fußböden)
- braucht viel Bewegung
- nervt immer dann, wenn man sowieso im Streß ist
- betätigt sich als Gärtner und gräbt den Garten um, ohne daß man ihn darum bitten muß
- liebt Spaziergänge bei Regen, Schnee und sonstigem Unwetter
- hypnotisiert uns beim Essen so lange, daß man ihm eine Kleinigkeit übrigläßt, ohne daß er darum betteln braucht
- frißt am liebsten das, was wir essen, kriegt es aber nicht, weil es ihm nicht bekommen würde und läßt dann vor Ärger sein teures Hundefutter stehen
- macht selten das, was man ihm sagt
- kommt beim Gassigehen nicht immer, wenn man ihn ruft, aber immer öfter

- döst vorm Fernsehen gemütlich vor sich hin und läßt seinen Leuten die Hoffnung auf einen ruhigen Abend um dann an den spannendsten Stellen ein wichtiges Bedürfnis kundzutun
- rennt immer mit dreckigem Fell ins Haus um sich dann erst im Flur zu schütteln, der gerade vorher geputzt ist
- liebt Schnee und frißt gerne so viel davon, daß er eine Gastritis bekommt und die Teppiche vollkotzt
- hüpft bei jedem Wetter ins Wasser und saut sich dabei ein
- ...

Aber er
- ist lieb und verschmust und kann nicht genug gekrault werden
- hat immer ein offenes Ohr für all die Sorgen und Nöte seiner Leute, hört sich alles mit ernster Miene an ohne einen dummen Kommentar abzugeben
- ist ein wunderbarer Kontaktknüpfer (Wir kennen inzwischen das halbe Dorf, hundemäßig gesehen)
- ist der freundlichste Hund im Ort und wird von vielen Hunden als Kumpel angesehen
- bewacht das Haus und seine Leute so gut, daß wir uns eine Alarmanlage sparen können
- macht es möglich, das ich mich als Frau mit ihm

alleine nachts auf die Straße traue (um mit ihm Gassi zu gehen!)
- hält uns fit und gesund, indem er mit uns reichlich durch die Landschaft läuft
- läßt uns die Natur immer wieder neu erleben
- hilft uns, Streß abzubauen
- macht einfach glücklich!

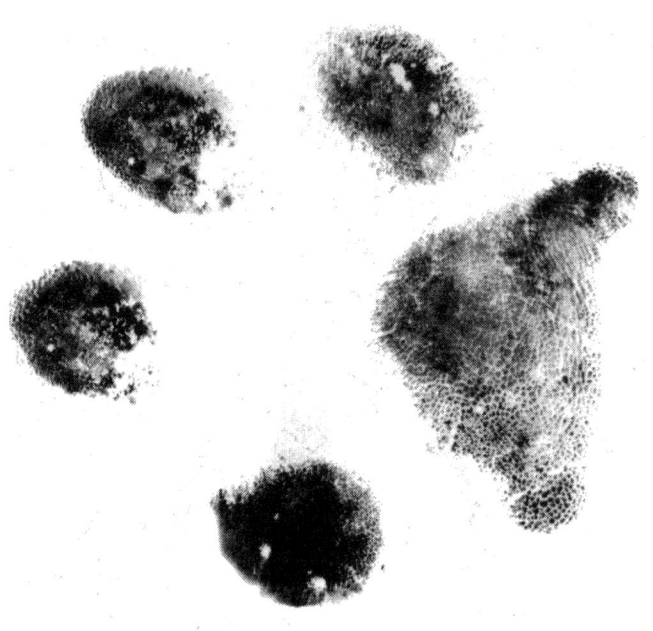

Das Buch entstand ein Jahr, nachdem Bo zu uns kam. Er hatte noch fast sechs schöne Jahre mit uns. Am 4. März 1999 mußte er nach einer schweren Krankheit eingeschläfert werden. Er folgte damit seinen alten Kumpels Schröder und Borris in den Hundehimmel. Chiccy blieb noch ein halbes Jahr, hatte dann aber wohl keine Lust,, sich von der quirligen Nicky, die Bo uns wohl geschickt hatte (so kam es uns fast vor – aber dies ist eine andere Geschichte...) stürmisch begrüßen zu lassen. Er folgte Bo ein gutes halbes Jahr später. Nun sind sie also wieder komplett, die vier Freunde mit den grauen Schnauzen. Auch Emmy und Pascha sind bei ihnen.

Wer Spaß an den Geschichten aus Bos Leben hatte und auch gerne erfahren möchte, wie es bei uns nach Bos Tod weitergegangen ist, dem sei gesagt, daß ein weiteres Buch mit kurzen Geschichten in Vorbereitung ist.

Informationen im Internet hierzu aktuell unter:
www.Tierportraits.de/Nicky

Autorin:
Sabine Potyka, geboren in Göttingen, studierte an der Hochschule für Bildende Künste Braunschweig Grafik-Design.
Nach Abschluß des Studiums und einer kurzen Zeit in einer Werbeagentur ist sie seit 1988 freiberuflich tätig.

Homepage: www.Tierportraits.de
e-Mail: Grafik-Design.Potyka@t-online.de